A Faint Cold Fear Thrills Through My Veins · William Shakespeare

Zu diesem Buch

Eigentlich… Ja, eigentlich geht es ihn überhaupt nichts an! Warum haben sie ihn wegversetzt – strafversetzt, auf gut deutsch – von der Mordkommission ins Wirtschaftsdezernat? Ach du liab's Herrgöttle vo Biberach – Wirtschaftsdezernat! – wia hent di d'Mucka verschissa!

Hauptkommissar Ernst Bienzle ist sauer. Stocksauer.

Jetzt hockt er in Seestadt und soll aufklären, weshalb ein halbes Dutzend, seinetwegen auch ein Dutzend Rösser verreckt sind – Springpferde, Rennpferde… Teure Pferde auf jeden Fall. Und immer auf dem Transport. Und immer hoch transportversichert…

Und da hat ein Mensch – ein Schauspieler, um genau zu sein – Namens Frédéric Meister nichts Besseres zu tun, als sich ermorden zu lassen und damit eine Vorstellung des Seestädter Theaters zu schmeißen. Und der Häberle von der Seestädter Polizei, ein lieber alter Kollege, hat seinerseits nichts Besseres zu tun, als auf dem Weg der Amtshilfe um die Mitarbeit von Hauptkommissar Bienzle, derzeit ohnehin in Seestadt, zu ersuchen… wia hent di d'Mucka verschissa!

Bienzle nimmt sich nolens volens der Sache an. Auftragsgemäß… Und die Folgen?

Ein nettes, wenn schon drogensüchtiges junges Mädchen wird fast erschossen. Ein genialer, besessener Regisseur muß sterben. Eine nicht ganz billige Jacht brennt aus… Und Ernst Bienzle läuft ein bißchen aus dem Ruder – aber diesmal nicht im rein dienstlichen Sinn.

Felix Huby lebt als Journalist und freier Schriftsteller in Stuttgart. Er hat bereits Sachbücher und einen Abenteuerroman für Kinder veröffentlicht. In der Reihe rororo-thriller liegen vor: *Der Atomkrieg in Weihersbronn* (Nr. 2411), *Tod im Tauerntunnel* (Nr. 2422), *Sein letzter Wille* (Nr. 2499), *Schade, daß er tot ist* (Nr. 2584), *Bienzle stochert im Nebel* (Nr. 2638), *Bienzle und die schöne Lau* (Nr. 2705), *Bienzles Mann im Untergrund* (Nr. 2768) und *Bienzle und das Narrenspiel* (Nr. 2872).

Felix Huby

Ach wie gut, daß niemand weiß . . .

Rowohlt

rororo thriller
Herausgegeben von Bernd Jost

47.–50. Tausend Dezember 1989

Originalausgabe
Veröffentlicht im Rowohlt Taschenbuch Verlag GmbH,
Reinbek bei Hamburg, März 1978
Redaktion K. Schelf
Umschlagentwurf Ulrich Mack
Umschlagtypographie Manfred Waller

Satz Aldus (Linotron 505 C)
Gesamtherstellung Clausen & Bosse, Leck
Printed in Germany
680-ISBN 3 499 42446 0

Die Hauptpersonen

Frédéric Meister	läßt zum erstenmal eine Aufführung platzen – schuldlos: jemand hat ihn ermordet.
Intendant Spohnholz, Ernst («Bittaschehn») Smetana, Ursula Ralnik, Frl. («Schätzchen») Schatz, Conradt Zeck u. a.	sind gleichfalls vom Theater und für die Polizistenmentalität (wenn es so etwas gibt) schwer durchschaubar.
Stephan Androsch	war beim Theater: er ist a) pensioniert und dann: b) tot.
Zoller	ist noch beim Theater – beim Puppentheater hauptsächlich.
Anton Ziegler Horst Wohlfahrt	spielen, obgleich nicht vom Theater, Gangsterrollen.
Bärbel Zoller	wird wohl, wenn sie den Streifschuß auskuriert hat, die Entziehungskur zu Ende machen.
Dr. Alexander Spieß	lebt sozusagen von Pferdefleisch. Unter anderem.
Kriminalassistent Haußmann	strahlt, weil er wieder dabei ist.
Kriminalmeister Gächter	strahlt nie.
Kriminalhauptkommissar Bienzle	gerät nicht unerheblich ins Schleudern.

«Guten Morgen, es ist 7 Uhr 30.»

Die Stimme der Telefonistin klang widerlich wach. Ernst Bienzle richtete sich mühsam auf. Sein Rücken schmerzte. Das Hotelbett hatte zu weiche Matratzen.

Durch die zugeklappten Laden fiel Helligkeit in schmalen Streifen. Von draußen drangen seltsame Geräusche herein. Ein murmelndes Stimmengewirr, laute Rufe dazwischen, Klappern, Rascheln, Knistern. Es klopfte an der Tür.

Bienzle brummte etwas.

«Ist der Wagen mit der Nummer S – 4567 Ihrer?» Ein uniformierter Polizist stand unter der Tür und fixierte den untersetzten Mann in seinem zerknitterten rot-braun gestreiften Schlafanzug. «Es ist ein Landesdienstwagen.»

Bienzle versuchte die Jacke über dem Bauch zusammenzuziehen. «Stimmt», knurrte er.

«Sind Sie Polizist?» Der Uniformierte schaute in das kantige, etwas zu fette Gesicht Bienzles. Die dicken Augenbrauen standen gestrüppartig ab und verdeckten die Pupillen zum Teil.

«Kriminalhauptkommissar Ernst Bienzle, Landeskriminalamt Stuttgart.» Bienzle erhob sich ächzend.

«Das tut mir leid», die Stimme des Polizisten bekam einen vertraulichen Ton.

«Was tut Ihnen leid? Daß ich auch Polizist bin?»

«Nein.» Der andere grinste. «Schauen Sie mal . . .» Er öffnete das Fenster. Der Lärm nahm zu. Gleißendes Licht strömte in das schäbige Hotelzimmer.

Auf nackten Sohlen tappte der Kommissar zum Fenster hinüber. «Oh, du liabs Herrgöttle von Biberach!» entfuhr es ihm.

Unter dem Fenster wuselten Hunderte von Menschen dicht gedrängt um bunte Marktstände. Frauen in schwarzen Trachten und Männer in grünen Schürzen boten Gemüse an, füllten Tüten und Taschen. Es war ein fast südländisches Treiben. Ziemlich genau im Zentrum des belebten Marktplatzes stand, eingekeilt zwischen Brettertischen, Sonnenschirmen, geflochtenen Körben und Kisten aus Holz, einsam Bienzles VW-Variant. Wortlos ging Bienzle zu seinem Bett zurück und ließ sich darauffallen.

«Pech», sagte der Polizist.

«Wie lange dauert der Zirkus da unten?»

«Bis vierzehn Uhr, früher kriegen wir den Wagen da nicht raus.»

«Und warum sind Sie dann jetzt schon gekommen?»

«Schließlich muß ich doch wissen, wem das Auto gehört.»
«Aha!» Bienzle ließ seinen Kopf auf das Kissen zurücksinken.
«In Seestadt ist jeden Mittwoch Markt», sagte der Polizist.
«Soso.»

Der uniformierte Beamte stand noch ein bißchen herum und trat von einem Bein auf das andere. Er wünschte sich, daß ihm noch etwas einfallen würde, um das Gespräch fortzusetzen, aber den Kommissar direkt zu fragen, was ihn nach Seestadt geführt hatte, das traute er sich nicht, und auf etwas anderes kam er nicht. So klappte er beiläufig die Hacken zusammen, hob lässig den Zeigefinger zum Schirm seiner Mütze und ging hinaus.

Mißmutig krabbelte der Kommissar aus seinem Bett, zog die Schlafanzugjacke aus und sah auf seinen gewölbten Bauch hinab. «Muß wieder abnehmen», brummelte er. Das ‹wieder› war ein glatter Selbstbetrug.

Das Telefon klingelte.

«Bist du's, Ernst?» fragte die Stimme des Präsidenten Hauser vom Stuttgarter Landeskriminalamt.

«Persönlich», sagte Bienzle.

Hauser war ein paar Jahre mit Bienzle zur Schule gegangen. Während er aber sein Abitur gemacht und danach Jura studiert hatte, hatte Bienzle alles mögliche probiert, ehe er sich – übrigens auf Anraten Hausers – für den Polizeidienst anwerben ließ.

«Du bist noch in Seestadt, nicht wahr?»

«Hast mich doch hier angerufen.»

«Meine Sekretärin hat dich ausfindig gemacht und angewählt.»

«Ah ja», sagte Bienzle gedehnt. Er war nicht mehr gut auf Hauser zu sprechen, seitdem der ihn zum Dezernat Wirtschaftskriminalität versetzt hatte – ihn, den sie den «Nesenbach-Maigret» genannt hatten (Stuttgart liegt am Nesenbach, nicht, wie viele glauben, am Neckar) und von dem Hauser einst selbst immer gesagt hatte, er sei sein bester Mann. Oft war Bienzle von seinem Job als Leiter der Mordkommission angewidert gewesen. Aber Wirtschaftskriminalität . . .

«Was machst du denn gerade?»

Bienzle sah den Telefonhörer sauer an. «Steht auf'm Dienstplan.»

«Hauptkommissar Bienzle!» donnerte Hauser.

«Ich kümmere mich um den modernen Pferdehandel», sagte Bienzle unbeeindruckt.

«Wie bitte?»

«Betrugsgeschichten. S' gibt Leut, die fälschet Papier von irgendwelche Schindmähre ond machet teure Rassegäul draus; nochher lasset se dia verrecka. D' Versicherung zahlt's.» Bienzle fiel regelmäßig in seinen schwäbischen Dialekt, wenn er sich ärgerte oder freute.

«Ach ja, ich erinnere mich», sagte Hauser.

Bienzle schnitt eine Grimasse.

«Hör zu ...» Hausers Stimme hatte nun wieder den vertraulichen Baritonklang: «Im Theater von Seestadt liegt eine Leiche.»

«Das ist ja wohl Sache der örtlichen Mordkommission.»

«Nicht ganz, immerhin haben uns die Kollegen um Amtshilfe gebeten. Außerdem handelt es sich womöglich um Rauschgift.»

«Dann schick doch den Henrich.»

«Nein», sagte Hauser scharf. «Ich beauftrage Sie, Hauptkommissar Bienzle, sich um diesen Fall zu kümmern. Und zeigen Sie bitte etwas Fingerspitzengefühl im Umgang mit den Seestädter Kollegen.»

«Jawoll, Herr Präsident.»

«Wenn Sie Verstärkung brauchen ...»

«Gächter», sagte Bienzle maulfaul. Der Kriminalmeister Karl Gächter war so ziemlich das genaue Gegenteil Bienzles: lang aufgeschossen, hager, Norddeutscher; ein Typ, den jeder außer Bienzle als eiskalt, berechnend und humorlos bezeichnet hätte.

«Keine Einwendungen», sagte Hauser nach kurzem Zögern. «Noch Fragen?»

«Ja. Hat Seestadt denn überhaupt ein Theater?»

Hauser hängte ein.

«Zwanzig Minuten lang habe ich das Publikum hingehalten ...» Der Intendant war auch jetzt noch, zwölf Stunden nach dem Ereignis, fahrig und, wie es schien, den Tränen nahe.

Bienzle schaute in die wäßrigen Augen des Theatermanns und nickte stumm.

«Er ist sonst wirklich ein Muster an Disziplin – nicht in allen Dingen, verstehen Sie, aber was seine Arbeit anbelangt ... Er versäumt keine Probe, und zu den Aufführungen ist er immer exakt eine halbe Stunde vor Beginn da.»

«War.» Bienzle preßte das Wörtchen heraus, ohne die Lippen zu bewegen.

«Wie bitte?»

«Er *war* immer pünktlich. Jetzt ist er ja tot.»

Der Intendant sank noch ein wenig mehr in sich zusammen. «Er ist ... Er war ein guter Schauspieler, das können Sie mir glauben. Ein Mann, wie man ihn an einer Bühne in der Provinz braucht.»

Bienzle machte sein undurchdringliches Gesicht.

«Sie müssen wissen, ich habe eine jahrzehntelange Erfahrung, und ich bin nicht immer an einem so kleinen Theater gewesen ... Augsburg, Bochum, sogar Berlin.» Die Figur des Intendanten straffte sich.

Bienzle starrte den Mann an; die Veränderung war fast unheimlich.

Die Falten im Gesicht verschwanden, das weiche Kinn bekam plötzlich harte Konturen, die Augen gewannen an Schärfe.

«Was bei uns gefragt ist, ist das Komödiantische», sagte der Intendant und machte eine allumfassende Geste mit beiden Händen. «Übrigens, ich habe mich noch nicht vorgestellt. Mein Name ist Spohnholz.»

«Wie alt war Frédéric Meister?» fragte Bienzle sachlich.

«28 oder 29, ich habe das jetzt nicht so genau im Kopf.»

«Hatte er Feinde?»

«Feinde? Gott. Feinde . . . Das klingt so hart. Es gibt an einem solchen Institut wie dem unsrigen schon mal Rivalitäten, Sie verstehen?»

«Nein», sagte Bienzle kalt.

«Nun, Frédéric . . . Ich meine, Herr Meister spielte fast alle großen Rollen – den Prinzen von Homburg genauso wie, na – den Romeo in Kishons ‹*Es war die Lerche*›.»

Bienzle wollte etwas sagen, winkte dann aber ab. «Erzählen Sie weiter.»

«Nun ja, es gibt in einem solchen Fall immer Leute, die dem Kollegen seine Rollen neiden. Die glauben, besser zu sein.»

«Namen?»

«Ich will niemanden verdächtigen.»

«Sehr vernünftig . . . Erzählen Sie doch mal, wie das gestern abend war.»

Die Erinnerung trieb dem Theaterchef augenblicklich den Schweiß auf die Stirn. «Nun, er kam nicht. Er kam und kam nicht. Alle waren fertig, Kostüme, Maske, alles. Wir standen im Rauchzimmer und warteten. Es wurde acht Uhr, zehn nach acht. Ich bin zweimal raus vor den Vorhang und hab die Leute vertröstet. Das Haus war ausverkauft . . .»

«Also, er kam nicht», warf Bienzle sachlich ein.

«Schließlich mußte ich die Leute wegschicken. Es war nichts zu machen. Einen Ersatz für Meister hatten wir nicht, und ein anderes Stück wäre so schnell nicht einzusetzen gewesen . . . Sie verstehen – die Kulissen und alles . . .»

Bienzle nickte ergeben.

«Wir schickten einen Mann zu seiner Wohnung, aber da war er nicht.»

«Hatte er keine Frau oder Freundin?»

«Nun ja, da ist Frau Ralnik, die ist Ensemblemitglied und war ja ebenfalls gestern abend hier. Und sonst . . . Nun, er kommt an bei Frauen, wenn Sie verstehen, was ich meine.»

«So schwer ist das ja nicht.»

«Wie? Eh . . . Ja. Also, wir suchten überall, aber er war nicht aufzutreiben. Da erinnerte sich Frau Clemens, das ist die Maskenbildnerin, also sie erinnerte sich daran, daß Meister oft mit Zoller seine Rollen noch mal memorierte. Die beiden sind recht eng miteinander.»

«Wer ist Zoller?»

«Ein Kollege, ein etwas kauziger Typ, wenn ich so sagen soll, er spielt vornehmlich Chargen und hat ein eigenes kleines Puppentheater. Damit tritt er im Foyer gelegentlich auf. Meistens Kindervorstellungen, wissen Sie.»

«Aha.»

«Zoller übt mit seinen Puppen in einem abgeteilten Raum, gleich neben dem Kostümfundus. Das Zimmer ist aber immerhin groß genug, um eine Rolle zu studieren und einigermaßen auszuspielen.»

«Wenn ich das richtig verstehe, hat also Meister seine Rollen zusammen mit Zoller einstudiert.»

«Na ja, einstudiert hat er sie natürlich unter der Anleitung des jeweiligen Regisseurs. Aber er ließ sich immer wieder abfragen und kontrollieren. Zoller war eben so etwas wie sein väterlicher Freund; von ihm ließ sich Meister auch etwas sagen.»

«Von Ihnen nicht?»

«Ich bitte Sie! Ich bin schließlich der Chef dieses Hauses.» Spohnholz wuchs um gut einen Kopf.

«'tschuldigung», mümmelte Bienzle. «Weiter.»

«Na ja, wir sind raufgegangen. Es brannte zwar noch Licht, aber wir fanden niemanden. Nur nebenan, im Fundus, war noch jemand; Smetana, unser alter Garderobier.»

«Der Mann, der die Leiche gefunden hat?»

«Ja.»

«Tja, dann werde ich mit Herrn Smetana mal reden», sagte Bienzle.

«Ich lasse ihn sofort kommen.»

«Danke, ich suche ihn auf.» Bienzle ging grußlos hinaus.

Er fand sich nur schwer zurecht in den engen und verwinkelten Gängen und Treppenhäusern des Theaters, das in einem mittelalterlichen Bau untergebracht war. Es war dunkel. Bienzle fand aber den Lichtschalter nicht. Und da war niemand, den er fragen konnte. Er stapfte mißmutig ausgetretene Treppenstufen hinauf, die unter seinem Gewicht knarzten.

Auf einem Treppenabsatz blieb er stehen, um wieder zu Atem zu kommen. Da hörte er eine leise Stimme. Von dem schmalen Podest zwischen den Stiegen führte ein enger Gang nach rechts. Bienzle folgte der Stimme. Es roch nach Schminke und Staub. Der Gang machte eine Biegung. Bienzle sah einen schmalen Lichtstreifen unter einer Tür.

Von dort mußte die Stimme kommen.

Bienzle erreichte die Tür. Sie war aus Preßspan, als er sie mit der Hand berührte, schwang sie leise auf.

«Ich gehe, wann ich will», sagte eine männliche Stimme. Sie schien von einer Puppe zu kommen, die mit überschlagenen Beinen auf einem Stuhl saß. Der Stuhl war Teil einer Dekoration auf einer kleinen, etwa zwei Meter breiten Bühne, die mit Punktstrahlern ausgeleuchtet war. Die Marionette sah außerordentlich lebendig aus. Die Haltung war lässig. Die Puppe trug einen modischen karierten Anzug; das dichte schwarze Haar war sauber gescheitelt. Das Gesicht wirkte ein wenig arrogant, war aber gut geschnitten. Bienzle mußte an einen bekannten Sportler denken, dessen Name ihm nicht einfiel.

«Du hast mir versprochen, daß wir zusammen nach Paris fahren . . .» Eine zierliche weibliche Puppe in Jeans und einem mächtigen, sackartigen Pulli ging mit seltsam holprigen Schritten auf den Puppenmann zu.

«Ich nehme das Versprechen zurück.» Der Mann machte mit seinem Arm eine eckige wegwerfende Bewegung.

«Das ist alles wegen dieses Flittchens.»

Der Puppenmann lachte ein häßliches Lachen.

«Eine Nutte ist sie! Sie treibt's mit jedem im Theater . . . Papa hat's auch gesagt.»

«Na, wenn das ein Stück für Kinder ist», murmelte Bienzle und zog leise die Tür wieder hinter sich zu. Das Licht von der kleinen Puppenbühne hatte ihn für die Dunkelheit im Treppenhaus nahezu blind gemacht. Bienzle kramte in seiner Tasche nach Streichhölzern.

Das Licht flackerte auf. Es riß ein ausgefranstes Stück Helligkeit aus der Finsternis des engen Korridors. Im Zentrum des Lichtflecks ein Gesicht – bleich, hager, verzerrt; stechende schwarze Augen . . . Bienzle registrierte das alles starr vor Schreck. Er beobachtete, wie sich der Mund in diesem Gesicht zuspitzte – wie zu einem Pfiff. Ein zischendes Geräusch, das Streichholz erlosch. Bienzle spürte, wie die Gestalt an ihm vorbeiglitt. Lautlos beinahe.

Er stand noch immer unverändert, schüttelte sich dann wie ein nasser Hund und ging mit raschen Schritten erneut auf die Tür mit dem Lichtspalt zu. Diesmal achtete er nicht darauf, ob er gehört werden konnte. Er stieß die Tür mit dem Fuß auf.

«Ich sorge dafür, daß niemand es weiß», sagte eine ölige Stimme. Sie gehörte zu einer glatzköpfigen Puppe, die in der Mitte der kleinen Bühne stand.

Bienzle fiel der Rumpelstilzvers aus dem Märchen ein. «Ach, wie gut, daß niemand weiß», sagte er laut.

Er hatte erwartet, daß der Marionettenspieler nun ins Licht treten würde. Statt dessen wendete sich die glatzköpfige Puppe zu Bienzle um und sagte:

«Sie sind schon wieder da?»

«Meinen Sie mich?» Bienzle wunderte sich nicht einmal darüber, daß nun er die Puppe direkt ansprach.

«Natürlich Sie – sonst ist doch niemand da . . . Ich habe Sie gesehen, als Sie vor wenigen Minuten schon einmal hier waren.» Die glatzköpfige Puppe redete mit einer leicht schweizerischen Dialektfärbung.

«Ich dachte, ich sei unbemerkt geblieben.»

«Alles sehen, alles hören und alles wissen, das ist mein Geheimnis.» Die Puppe kicherte und schüttelte sich dabei.

«Das Geheimnis sollten Sie mir verraten. Ich könnte mir damit viel Arbeit sparen.»

«Dann wäre es ja kein Geheimnis mehr!» Die Puppe hüpfte mit schlenkernden Beinen auf den Kommissar zu. «Mein Name ist Dr. Alexander Spieß», sagte die Puppe.

«Ich heiße Bienzle», antwortete der Kommissar. «Ich freue mich, Sie kennenzu . . .» Er brach ab. Alexander Spieß, so hieß der Besitzer eines Reitstalls – er selbst hatte ihn dieser Tage gesucht, aber nicht angetroffen. Aber er erinnerte sich genau an ein Foto, das im sogenannten Casino hing. Es zeigte Dr. Spieß auf einem Apfelschimmel. Der Mann auf dem Bild sah dieser Puppe verblüffend ähnlich . . . Er schritt resolut zur Tür und drückte auf den Lichtschalter.

Die kleine Theaterwelt schrumpfte. Die glatzköpfige Marionette sank langsam in sich zusammen; die Fäden, an denen sie hing, legten sich wie ein Spinnengewebe über die kleine Figur. Jetzt sah Bienzle auch den Puppenspieler. Er stand hinter der Bühne, die ihm bis zu den Knien reichte.

«Herr Zoller?» fragte der Kommissar.

«Ganz recht.» Der Puppenspieler legte behutsam das kleine Holzkreuzchen zur Seite, an dem die Marionettenfäden befestigt waren, und stieg von der Miniaturbühne herab.

«Ich bin Hauptkommissar Bienzle vom Stuttgarter Landeskriminalamt und soll mich ein wenig um die Aufklärung des Todes von Ihrem Freund Meister kümmern.» Bienzle musterte den Puppenspieler.

Er trug schwarze Cordhosen und einen schwarzen Rollkragenpulli. Sein Gesicht wirkte flach. Die Nase trat kaum hervor; die Lippen waren zwei schmale, bleiche Striche. Die Augen, dunkelbraun, fast schwarz, wirkten rund und lebendig. Sie waren so dominierend, daß man den Rest des Gesichts nach und nach vergaß.

«Er ist einmal mein Freund gewesen.»

Bienzle hob überrascht den Kopf. «Hatten Sie Streit?»

«Ja, Streit.»

Der Puppenspieler streifte beächtig schwarze, enganliegende Fingerhandschuhe von den Händen und legte sie auf einen Stuhl. Er war klein, vielleicht 1,68, und wirkte sehr muskulös. Bienzle schätzte ihn auf Anfang Fünfzig.

«Schlimm?» fragte der Kommissar.

«Er hat meine Tochter auf dem Gewissen.»

Bienzle sah nachdenklich in die dunklen Augen, über die sich jetzt ein Schleier gelegt hatte. «Sie reden darüber, als ob Sie es loswerden müßten. Ist Ihnen klar ...»

«Daß ich mich verdächtig mache?» Zoller lachte leise. «Sie werden den Richtigen schon finden, Herr Hauptkommissar ... Den Richtigen.»

«Kennen Sie ihn denn?»

Der Puppenspieler hob die Schultern mit einer Bewegung, die alles und nichts bedeuten konnte.

«Also, Sie kennen ihn!» sagte Bienzle bestimmt.

«Wenn ich ihn kennen würde, würde es Ihnen nichts nützen.»

Bienzle fixierte den Puppenspieler. «Warum?» fragte er nach einer Weile. «Warum würde mir das nichts nützen?»

«Weil man alles immer erst beweisen muß. Beweisen Sie es, Herr Hauptkommissar.»

Bienzle nahm nachdenklich die Puppe in die Hand, die noch immer wie tot auf der kleinen Bühne lag. «Formen Sie Ihre Puppen nach den Originalen?»

«Ja, oft. Natürlich nicht immer, aber einmal im Jahr, meistens zu Silvester, mache ich ein Puppenkabarett, und da spielen dann lauter Prominente mit. Und die sind dann eben nach der Natur gemacht.»

«Sie sind Schweizer?»

«Ja. Man hört es, nicht wahr?»

Bienzle legte die Puppe wieder zurück und griff nach der Gestalt des jungen schwarzhaarigen Mannes, den er bei seinem ersten Besuch im Probenraum des Puppenspielers gesehen hatte. «Wer ist das?»

«Das ist Frédéric.»

«Meister?»

«Ja.»

«Und das Mädchen, das vorhin mit ihm gesprochen hat?»

«Das ist Bärbel, meine Tochter.»

Bienzle sah in die dunklen Augen des Puppenspielers. «Was hat Meister ihr getan?»

Zoller nahm Bienzle die Puppe aus der Hand und legte sie sanft in einen kleinen Karton. Dann faltete er die hölzernen Händchen so gut es ging über dem Bauch. «Jetzt ist er tot», sagte er.

Bienzle sagte nichts. Er wartete. Zoller räumte schweigend auch die anderen Puppen weg. Sie kamen in einen großen geflochtenen Korb. Bienzle stand noch immer unverändert da, als Zoller mit dem Einpakken fertig war.

«Die Art, wie Sie mit der Puppe gesprochen haben, gefällt mir», sagte Zoller schließlich; «ich habe Vertrauen zu Ihnen.»

Bienzle mußte lächeln, aber er antwortete nicht.

«Er hat meine Tochter verführt», sagte Zoller, und es klang ganz sachlich.

«Wie alt ist sie?»

«Bald achtzehn.»

Bienzle sah Zoller an. «Mädchen in diesem Alter . . .»

«Ich weiß, ich weiß. Das ist auch nicht das eigentliche Problem, obwohl es mich sehr getroffen hat. Ich lebte damals ganz allein mit Bärbel zusammen, und ich hänge sehr an ihr.» Zoller machte eine unwillige Geste. «Aber das ist, wie gesagt, nicht das Problem. Er hat sie rauschgiftsüchtig gemacht. Er hat sie richtig reingetrieben.»

Bienzle atmete hörbar aus. «Ich verstehe», sagte er.

«Ja, das denke ich.» Zoller nahm eine alte, schäbige Aktentasche, dann löschte er die Punktstrahler, mit denen er seine Minibühne ausleuchtete, und ging zur Tür.

«Ich werde Ihnen noch viele Fragen stellen müssen», sagte Bienzle bedächtig.

«Sicher», sagte Zoller und hielt dem Kommissar die Tür auf. «Wenn Sie noch mehr wissen, werden Sie mich noch sinnvoller fragen können . . . Auf Wiedersehen, Herr Kommissar.»

«Moment!» rief Bienzle.

Aber Zoller drehte sich nicht mehr um.

«Das Licht hätte er mir wenigstens noch zeigen können», brummte der Kommissar, aber da war Zoller gerade am Treppengeländer angekommen und hatte den Knopf für das Zwei-Minuten-Licht gedrückt. Bienzle schaute sich um. Die letzte Tür in dem schmalen Gang trug ein schwungvoll gemaltes Schild mit dem Wort KOSTÜMFUNDUS.

«Ernst Smetana, Fundusverwalter.» Der kleine alte Mann stellte sich mit einer Verbeugung vor. «Bittaschehn», setzte er nach einer Kunstpause noch hinzu.

Bienzle bekam einen Stuhl unter den Hintern geschoben.

«Sie wissen, warum ich zu Ihnen komme?»

«Aber das ist doch, bittaschehn, ganz selbstverständlich.»

Der alte Mann schien beim Theater ein vorzügliches Bühnendeutsch erlernt zu haben. Das ‹Bittaschehn› aber hatte er sich wohl als Zeichen dafür aufbewahrt, daß er aus Böhmen stammte.

«Aus Böhmen, bittaschehn, kommen die besten Schneider», sagte er auf Bienzles Frage.

«Sie haben die Leiche gefunden?»

«Hier zwischen den Kleiderständern, bittaschehn. Es war ein grauenvoller Anblick.»

«Wann?»

«Ich habe das alles den anderen Beamten schon kundgetan.»

Bienzle mußte lächeln, mit dem Bühnendeutsch hatte der alte Böhme womöglich auch ein paar antiquierte Ausdrücke angenommen. «Erzählen Sie mir's halt noch einmal.»

«Also, bittaschehn, es war gestern abend gegen zehn. Die sind ja alle rumgelaufen wie die aufgescheuchten Hühner. Ich hab in aller Ruhe die Kostüme wieder eingesammelt und eingeräumt. Hier, schauen Sie, da hängen sie alle.» Der kleine Mann fuhr mit seinen schmalen Händen liebevoll über die bunten Kleiderstoffe. «Die Stiefel habe ich in Schränken dort hinten . . .» Er zeigte mit dem ausgestreckten Finger durch die enge Gasse zwischen den Kleiderständern. «Ich habe nicht extra Licht gemacht, bittaschehn, ich kenn mich ja aus hier, ich mache das ja schon seit fünfundzwanzig Jahren. Also ich gehe mit einem Arm voller Stiefel nach hinten und stolpere. Beinahe wäre ich längelang hingefallen, über die Beine von Herrn Meister, bittaschehn!» Smetana war durch sein nächtliches Abenteuer offensichtlich nicht besonders erregt. «Da, schauen Sie, bittaschehn, da hat er gelegen, ganz lang und steif und tot.»

Bienzle ging zu der Stelle hinüber. Mit gelben Kreidestrichen waren die Umrisse des Körpers auf den rissigen Dielenboden gemalt. Die Beine mußten demnach quer über den schmalen Durchgang gelegen haben, der Kopf unter einem langgezogenen Kleiderständer, an dem weiß-rot getupfte Kleider hingen.

Ächzend ging der Kommissar in die Hocke und sah sich die aufgemalte Figur lange an. «Muß ein großer Mann gewesen sein.»

«Einen Meter und einundneunzig, bittaschehn.»

«Und wie war er sonst?»

«Nich unübel.»

«Mochten Sie ihn?»

«Nein.»

«Und warum nicht?»

«Er hatte keine Moral.»

«Aha.» Bienzle zeigte sich wenig beeindruckt.

«Die Weiber, damit haben sie's ja alle, wenn sie nicht homosexuell sind, aber der Meister war auch sonst nicht koscher.»

«Rauschgift?»

«Kaum, höchstens mal ein bißchen Kokain, das schnupfen sie manchmal, weil sie glauben, damit könne man endlich das Talent finden, das sie sowieso nicht haben.»

Bienzle horchte auf und fragte nachdenklich: «Sie waren wohl auch nicht immer nur Garderobier, Herr Smetana?»

«Hoho, das will ich meinen. Gleich nach meiner Schneiderlehre hat es mich nicht mehr gehalten. Ich bin ein Theatermensch, ein geborener sozusagen. 1920 bin ich nach Berlin, bittaschehn, um Tanz zu studieren. Ich begann . . .»

Bienzle unterbrach ihn: «Das müssen Sie mir alles einmal erzählen, bei einem Bier oder einem guten Glas Wein, aber jetzt . . . Sie verstehen?»

«Aber ja, bittaschehn; Sie wollten über Meister wissen . . . Also, sein Umgang, wissen Sie. Die Leute kamen hierher. Vor allem, wenn Fasching war . . .»

«Fasnet», sagte Bienzle. «Bei ons hoist des Fasnet.»

«Fasnacht, bittaschehn. Also, da kamen sie, seine Freunde und wollten eingekleidet werden – als Fürsten, Ritter, Könige und Päpste . . . Von denen mag ja keiner als etwas aus den unteren Einkommensschichten gehen.»

Bienzle mußte lachen.

«Es ist schon wahr, was ich sage, ich beobachte die Menschen seit fünfundzwanzig Jahren, bittaschehn, und länger.»

«Können Sie mir die Leute nennen?»

«Das sind eben die mit Jachten auf dem See, mit Reitpferden und mit Sportautos; man kennt das ja.»

«Klingt ein wenig nach Vorurteil», sagte Bienzle lächelnd.

«Nehmen Sie es, wie Sie wollen, bittaschehn, das war kein Umgang für den Meister, so viel ist ganz unbestritten.»

«War er ein guter Schauspieler?»

«Unter denen hier war er ein guter, ein begabter sogar, und er hat an sich gearbeitet, das muß ich zugeben, bittaschehn. Von Zoller hat er viel gelernt.»

«Ist Zoller denn ein guter Schauspieler?»

«Ein miserabler. Aber als Puppenspieler steht er in der Gnade Gottes, und er ist ein guter Lehrer. Zoller sieht die Fehler bei anderen – nicht nur auf der Bühne.»

Bienzle horchte dem Satz nach und wartete auf das unvermeidliche ‹bittaschehn›, doch Smetana vermied es offenbar immer dann, wenn er etwas Wichtiges sagen wollte.

«Und Zollers Tochter?»

«Ach, Sie wissen . . . Das werde ich dem Meister nie verz . . . Heilige Maria Mutter Gottes, er ist ja tot.»

«Bittaschehn», sagte Bienzle leise. Es klang wie ‹amen›.

Verwirrt schaute der zierliche Mann zu Bienzle hinüber. «Zoller war es nicht; er hat ihn nicht umgebracht», sagte Smetana, jede Silbe betonend.

«Das behauptet ja auch niemand.»

«Um so besser. Im Reitverein müssen Sie suchen, auf den Jachten und in den teuren Bars, bittaschehn.»

«Na ja . . .» Bienzle klang nicht sehr überzeugt. «Nur in den Fernsehkrimis spielt Kriminalität immer unter gelangweilten Reichen. Die Mörder, die ich kenne, kommen zu 90 Prozent aus der Unterschicht, was allerdings nicht von vornherein was gegen die Unterschicht, sondern vielleicht eine ganze Menge über die Reichen bei uns sagt.»

Smetana sah Bienzle mit aufgerissenen Augen an. «Was Sie für Dinge sagen, Herr Kommissar!»

«Über die Todesursache muß ich zuerst meine Kollegen fragen, die werden sowieso schon sauer sein, daß ich mich noch nicht bei ihnen gemeldet habe.»

«Aber woher denn!» Die Stimme kam von der Tür zum Fundus. Bienzle sah hinüber. Ein hochaufgeschossener, dünner Mann mit einer randlosen Brille stand zwischen den Kleiderständern und lächelte jovial.

«Mensch, Häberle», brüllte Bienzle, «du bischt des, ja warom sagt mir denn koiner, daß du . . . Ja sag amol, wia lang bischt jetzt au du scho en Seestadt?»

«Seitdem ich g'schickt g'heiratet hab.» Der hochaufgeschossene Mann gab Bienzle die Hand.

«Ja, jetzt ka'ne gar nemme . . . Du hoscht g'heiratet? Ja jetzt, worum au des?»

Häberle lachte ein meckerndes Lachen. «Oimol erwischt's doch jeden.»

«Aber, daß du . . .!» Bienzle schüttelte noch immer ungläubig seinen mächtigen Kopf. «Jetzt gange mer uf a Viertele», sagte er, glücklich darüber, ein bekanntes Gesicht getroffen zu haben. Im Vorbeigehen strich er mit einer väterlichen Geste über den Kopf des alten Smetana. «Bis bald, Herr Smetana.»

«Auf Wiedersehen, Herr Kommissar.» Smetana eilte den beiden Beamten voraus bis zur Tür und machte sie auf. «Bittaschehn», sagte er mit einer kleinen Verbeugung.

Bienzle kannte Häberle seit gemeinsamen Tagen auf der Göppinger Polizeischule. Sie waren sich immer wieder einmal begegnet, zuletzt vor zwei Jahren bei einem Fortbildungskurs auf der Polizeischule Hiltrup, wo man ihnen das INPOL-System erklärt hatte, jenes zentrale Computersystem, über das Fakten über Täter und Taten in Sekundenschnelle abgefragt werden können.

Jetzt saßen sie in der ‹Weinstube zum Seehasen› und ließen sich eine Meersburger Spinne schmecken, einen Bodenseewein, der außerhalb des Bodenseegebiets kaum zu bekommen ist, weil ihn die Oberschwaben lieber selber trinken.

«Auf dene Berg müßt au a guater Trollinger wachse», sagte Bienzle träumerisch und prostete Häberle zu. «Wieviel Weinberg hat denn dei Frau?»

«Sieben», sagte Häberle nicht ohne Stolz; «zwölf Hektar.»

«Ond des mit der Versetzong hot ohne weiteres g'klappt?»

«Der Ministerialdirektor Stemper im Innenministerium hot vollstes Verschtändnis g'habt.»

«Noch a Viertele!» bestellte Bienzle; dann fand er wieder zu seiner Amtssprache zurück. «Habt ihr den Tathergang rekonstruiert?»

«Tja, das ist komisch. Er hatte in beiden Venen Einstichlöcher – also links und rechts in jeder Armbeuge –, und im linken Arm steckte sogar noch eine Spritze.»

«Fingerabdrücke?»

«Die des Toten, aber auch andere, die noch nicht identifiziert sind.»

«Aha. Und ist das, was da eingespritzt wurde, schon bekannt?»

«Links Kokain, rechts Heroin.»

«Der goldene Schuß.»

«Wie bitte?»

«So heißt das in Fixerkreisen. Aber war das Zeug auch die Todesursache?»

«Gereicht hätte die Dosis bestimmt», sagte Häberle, «aber wir haben den Obduktionsbericht natürlich noch nicht.»

«Andere Spuren?»

«Ja. Einwirkung stumpfer Gewalt.»

«Niedergeschlagen. Und dann, als er bewußtlos war, hat ihm irgendwer mit den Spritzen den Rest gegeben!»

«Moment!» sagte Häberle. «Wir wissen nicht, ob er nicht zuerst gefixt hat und dann gestürzt ist.»

«Na gut, aber war er denn überhaupt ein Fixer?»

«Er hat nur wenige Einstiche, und der Arzt glaubt sogar, es könnte sein, daß die nur vorgetäuscht sind, er hält sie nämlich für genauso frisch wie die beiden, durch die das Rauschgift eingedrungen ist.»

«Dilettanten!» knurrte Bienzle und supfte an seinem Wein. Über den Rand des Glases hinweg sagte er: «Dia müsset d' Polizei für dümmer halte als se isch!»

«Der Obduktionsbericht liegt morgen gegen zehn Uhr vor.» Häberle hob sein Glas zum Zeichen dafür, daß für ihn der dienstliche Teil des Gesprächs beendet war.

Aber Bienzle war noch nicht soweit. «Die Tatzeit?» fragte er.

«Zwischen achtzehn und neunzehn Uhr.»

«Und wie steht's mit den Alibis?»

«Zoller, Smetana und die Frau Ralnik haben keins, und die der anderen sind mehr als dürftig. Du mußt bedenken, es war achtzehn Minuten vor Beginn der Aufführung. Da rennen alle durcheinander, sind aufgeregt, was ja diesmal sogar noch gesteigert wurde, weil der Hauptdarsteller fehlte. Was weiß ich, wie oft die aufs Klo rennen, ‹nervöse Pfützchen machen›, wie sie das wohl nennen, wenn die Blase dem Lampenfieber nicht standhält.»

«Apropos . . .» Bienzle stemmte sich aus seinem Wirtshausstuhl hoch: «Wo geht man denn hier?»

Häberle deutete in die Richtung.

«Ond wenn i z'rückkomm, schwätzet mer was G'scheits», sagte Bienzle.

Ernst Bienzle schob sich leise durch die dicke Doppeltür in den dunklen Zuschauerraum des Seestädter Theaters. Es war vier Uhr nachmittags. Die Bühne war ausgeleuchtet. In der dritten Reihe am Regiepult saß der Intendant im milden Licht einer Leselampe. Seine Stimme hatte nichts mehr von der Larmoryanz, die Bienzle noch am Vormittag registriert hatte.

«Was ist denn das für ein Gesabbel – so werden wir das Stück nie und nimmer weiterspielen können! Mann Gottes, Zeck, wenn Sie nur ein Prozent des Talents von . . .» Er unterbrach sich und fuhr mit einer übertriebenen Geste durch sein schütteres Haar. «Wir müssen sehen, daß wir das an Sie hinkriegen.»

Auf der Bühne stand ein dürrer Mann in einem zerschlissenen Bademantel. Über seinen Kopf war eine schwarze Lockenperücke gestülpt, die ihm eindeutig zu groß war und bei jeder heftigen Bewegung verrutschte. Heftige Bewegungen aber waren offensichtlich erwünscht, denn der dürre Mann hüpfte in gewaltigen Sprüngen von einer Bühnenseite zur anderen und brüllte aufgeregt Sätze, aus denen zu entnehmen war, daß er es bitter bereute, jemals seine Frau – seinerzeit in Padua – geehelicht zu haben.

«Aufhören!» brüllte der Regie führende Intendant. «Aufhören . . . Das kauft Ihnen doch nicht einmal meine taubblinde Großmutter ab!»

Wütend riß der Schauspieler die Perücke vom Kopf, schmiß sie auf den Boden und trampelte darauf herum.

«Jetzt zeigt er plötzlich Temperament!» gurgelte der Intendant. «Jetzt, wo's nicht mehr verlangt wird . . .»

Bienzle, der sich einen Platz im hinteren Drittel des Zuschauerraums gesucht hatte, starrte gebannt auf das Gesicht des dürren Darstellers. Ohne Perücke erkannte er ihn wieder. Es war der Mann, der ihm am Vormittag im Stiegenhaus begegnet war, als er das Streichholz angerissen hatte.

«Pause!» rief der Intendant. «Bitte, Licht!»

Es wurde hell im Zuschauerraum. Der Intendant entdeckte Bienzle und winkte ihn zu sich. Die fremde Atmosphäre im Theater machte Bienzle befangen.

«Sie sollten sich die Aufführung heute abend ansehen», sagte der Theaterchef jovial.

«Das habe ich auch vor . . .» Bienzle zwängte sich in einen der Sitze. «Wie heißt der Darsteller, der Meisters Rolle übernommen hat?»

«Conradt Zeck. Warum?»

Bienzle notierte den Namen auf einen Zettel. «Ist Frau Ralnik auch im Hause?» fragte er.

«Sie probiert auch, in der nächsten Szene ist sie dran.»

«Dann warte ich bis nach dem Ende der Probe. Ich möchte Sie keinesfalls stören», sagte Bienzle höflich.

«Sehr anständig», sagte der Intendant.

Dann standen sie eine Weile da und wußten nichts miteinander anzufangen. Schließlich klatschte Spohnholz in die Hände und rief:

«Wir machen weiter, Kinder.»

Der Dürre erschien wieder auf der Bühne. «Du hast das wirklich schon ganz ansprechend hingekriegt», sagte der Intendant freundlich zu ihm. «Noch ein paar Proben, und wenn es dann auf der Bühne eingespielt ist, werden dich die Leute für die ideale Besetzung halten.»

Verwirrt schaute Bienzle in das Gesicht des Intendanten, das vor lauter Wohlwollen fast auseinanderfloß. Dann wandte er sich wieder dem Geschehen auf der Bühne zu.

Eine Weile schaute er gelangweilt zu, wie Spohnholz immer neue Versuche unternahm, dem Schauspieler Conradt Zeck die neue Rolle einzubleuen. Die ganze Zeit über beschäftigte ihn die Szene vom Vormittag. Warum war dieser Mann so plötzlich aufgetaucht? Was hatte er in dem engen Korridor zu suchen? Warum hatte er die Flamme ausgeblasen? Bienzle bekam Hunger. Er sah auf seine Uhr. Es war kurz vor sechs.

«Hallo, Liebling!»

Bienzle hob ruckartig den Kopf. Eine Frau hatte die Bühne betreten. Sie trug abgewetzte Kleider, die Frisur – rote Korkenzieherlocken – war verfilzt, ihre Strümpfe hingen kremplig herunter. Kostüm- und Maskenbildner hatten sich große Mühe gegeben, eine Schlampe aus ihr zu machen; gleichwohl trat sie als hinreißend elegante Erscheinung auf – jede Geste, jede Bewegung eine Dame.

«Na, ist das nicht eine Fehlbesetzung?»

Bienzle hatte nicht bemerkt, wie sich Zoller neben ihm niedergelassen hatte. «Ich hab's ihm immer wieder gesagt – die Ralnik kann man nur edle Weiber spielen lassen.»

«Ruhe da hinten!» zischte der Intendant.

«Was für ein Schwachkopf!» sagte Zoller ein wenig zu laut.

Bienzle flüsterte: «Was können Sie mir über Zeck sagen?»

«Ein undurchsichtiger Typ. Und spielen sollte der immer nur Don Quichotte, den Mann von La Mancha. Mehr bringt er nicht.»

«Ist er gelegentlich bei Ihnen auf Ihrer Probebühne?»

«Nein, nie. Ich würd ihn rausschmeißen.»

«Dann war er heute morgen wohl bei Smetana.»

«Das würde mich wundern.»

«Na, immerhin hat er sich in dem Gang vor Ihrer Tür herumgetrieben.»

«Der Zeck?»

«Ja.»

Zollers Gesicht veränderte sich. In der Dunkelheit des Zuschauerraums konnte Bienzle nicht viel erkennen, aber er hätte geschworen, daß Zoller eine Spur bleicher geworden war.

Als Bienzle die Probe verließ, war es draußen schon dunkel. Gemächlich spazierte er am alten Konzilgebäude vorbei zur Seepromenade. Ein kalter Windstoß fuhr ihm ins Gesicht. Schwarze Wolkenfetzen jagten vor einem fahlen Himmel dahin. Der Kommissar blieb stehen und versuchte, ein Zigarillo anzuzünden. Es gelang nicht.

«Kann ich Ihnen helfen?»

Eine dürre Hand schob ein uraltes Feuerzeug unter Bienzles Gesicht. Er blickte auf und direkt in die Augen von Conradt Zeck. «Danke!» Das Zigarillo brannte. Bienzle zog nachdenklich. «Sind Sie mir gefolgt?»

«Ich wollte ungestört mit Ihnen sprechen.»

«Dazu hätten Sie heute früh schon Gelegenheit gehabt.»

«Im Theater weiß man nie, wer zuhört.»

Bienzle schlug den Kragen seiner Jacke hoch und machte ein paar energische Schritte in Richtung See. Zeck ging neben ihm.

«Wollten Sie von Anfang an die Rolle haben, die Sie jetzt spielen?» fragte Bienzle.

«Ja, sicher. Aber deshalb habe ich ihn nicht umgebracht.»

«Warum denn?»

«Wie bitte?»

«Sie sagten ‹deshalb habe ich ihn nicht umgebracht›.»

Zeck lachte nervös. «Sie wissen genau, wie ich es meine. Ich könnte niemand umbringen, und schon gar nicht einen Kollegen, nur weil der eine Rolle hat, die . . .»

«Nehmen Sie manchmal Kokain oder Heroin?»

«Wie kommen Sie denn auf so etwas?»

«Nur so . . . Was wollten Sie mir erzählen?»

«Ich wollte Ihnen nur einen kleinen Tip geben. Zoller hat eine sehr hübsche kleine Tochter.»

«Ach ja?»

«Ja. Meister hatte was mit ihr, verstehen Sie?»

«Warum mich die Leute bloß immer fragen, ob ich's verstehe, wenn jemand was mit jemand hat!»

Zeck schaute verwirrt in Bienzles Gesicht.

«Also», brummte der Kommissar, «Zollers Tochter und Meister . . .?»

«Ja. Zoller war sehr ungehalten, zumal Meister das Kind in Sachen hineingezogen hat . . . Also, sie kam richtig auf die schiefe Bahn, die Kleine. Nun muß man aber wissen, daß Zoller das Mädchen über alles liebt. Seine Frau ist vor zwei Jahren gestorben. Seitdem ist er Vater und Mutter in einer Person für das Kind.»

Bienzle paffte Rauchwölkchen und schritt weiter kräftig aus. «Müssen Sie nicht bald im Theater sein? Die Vorstellung beginnt in einer Dreiviertelstunde.»

«Doch, doch, ich muß zusehen, daß ich hinkomme . . . Ich wollte Ihnen ja auch nur den Tip geben. Wenn einer ein Motiv hatte, den Meister umzulegen, dann war es Zoller.»

«Auf die Idee, daß es Selbstmord gewesen sein könnte, sind Sie nicht gekommen?»

«Bitte?»

«Nun, was man bisher weiß, ist die Tatsache, daß Meister eine Überdosis Heroin und Kokain im Leib hatte, als er starb. Die kann er sich sehr gut selbst beigebracht haben. Es muß nicht Mord gewesen sein.»

«Oh . . .» Zeck machte ein erstauntes Gesicht. «Ich dachte . . .»

«Ja, ja», brummte Bienzle unwillig; «dös denka sollt mer am beschta de Pferd überlasse, dia hent di greßere Kepf.»

Abrupt wendete sich Zeck um und eilte mit langen Schritten durch die Anlagen am Seeufer davon.

Bienzle betrat den Dominikanerkeller, ein rustikal-gemütliches Lokal. Er bestellte sich eine Schwarzwälder Vesperplatte und aß in aller Ruhe. Die Theatervorstellung, die er eigentlich besuchen wollte, hatte längst begonnen, als er nach vier Vierteln schweren Rotweins zahlte. Er hatte über zwei Stunden nahezu bewegungslos an dem blankgescheuerten runden Holztisch gesessen und unverwandt auf den Schluck um Schluck sinkenden Pegel in seinem Weinglas geschaut. Er selbst hätte nicht sagen können, woran er in dieser Zeit gedacht hatte. Er hätte auch nicht erklären können, warum er in diesem Augenblick den Entschluß faßte, Dr. Alexander Spie anzurufen – den Mann, den er suchte und den Zoller als Puppe porträtiert hatte.

«Mein Mann ist nicht zu Hause.» Frau Spieß ließ ihn kalt abfahren.

«Wo finde ich ihn?» fragte Bienzle ohne eine Spur von Höflichkeit.

«Das kann ich Ihnen nicht sagen. Vielleicht in der Spielbank.»

«Einheimische dürfen doch gar nicht spielen.»

«Das hier ist unser zweiter Wohnsitz», erklärte Frau Spieß.

«Na dann», sagte Bienzle unbestimmt und hängte grußlos ein.

Die Seestädter Spielbank ist antiquiert, verstaubt und gilt unter Kennern als besonders provinziell. Bienzle legte seinen Personalausweis vor und bekam für zehn Mark eine Eintrittskarte. Langsam schlenderte er in den dämmrigen Raum. Dem Türsteher zeigte er seine Polizeiidentitätskarte:

«Ist Dr. Spieß heute abend da?»

«Wir geben keine Auskünfte über unsere Gäste.»

Bienzle schaute düster in das hochmütige Gesicht des Mannes. «Schon mal was von Begünstigung gehört?»

Der Angestellte zuckte gleichgültig mit den Schultern.

«Wer ist hier der Chef?» fragte Bienzle.

Der Mann nickte zu einem rundlichen älteren Herrn hinüber, der mit einem Glas in der Hand an eine Säule gelehnt stand. Er hatte ein rotes, aufgedunsenes Gesicht, das in starren Lächelfalten lag.

«Sie sind der Manager hier?» fragte Bienzle.

Der Mann maß ihn mit einem abschätzenden Blick. «Ja.»

Bienzle kramte seine Karte hervor. «Ich muß dringend mit Dr. Spieß reden. Wo ist er?»

«Dort drüben – der Mann im weißen Dinnerjackett.»

Bei dem Wort Dinnerjackett verzog Bienzle das Gesicht wie unter Zahnschmerzen. Er ging zum Schalter, legte einen Hundert-Mark-Schein auf das schmale Brett und ließ sich zwanzig Fünferchips geben; dann steuerte er auf den Tisch zu, an dessen Fußende der Mann im Dinnerjackett saß. Am Vormittag war er knappe dreißig Zentimeter hoch und aus Holz gewesen ... Er sah der Puppe wirklich sehr ähnlich.

«Für die Angestellten!» rief Dr. Spieß aufgeräumt und ließ zwei Zehnerchips über das grüne Tuch flutschen. Vor ihm türmte sich ein

Berg gelber, roter und grüner Chips – überschlägig ein Gegenwert von fünftausend bis sechstausend Mark, dachte Bienzle.

«Bitte, das Spiel zu machen», rief der Croupier. Spieß setzte einen Hunderterchip auf die 27. Bienzle legte einen seiner Fünferchips dazu. Spieß sah einen Moment auf und heftete seinen Blick dann starr auf die 27. Auch als der Croupier gerufen hatte «Nichts geht mehr!» und die Kugel geworfen hatte, stierte Spieß weiter auf die schwarze Zahl.

«Siebenundzwanzig», rief der Croupier. Die Züge im Gesicht des Doktor Spieß entspannten sich. Der Croupier zahlte aus.

Bienzle erhielt Chips im Wert von 175 Mark. Er kam sich unmoralisch und verworfen vor, als er das Spielgeld lässig in die linke Tasche schob.

Spieß ließ den Croupier am Kopfende ‹Kolonne 9› legen. Mit schnellen Würfen placierte der Spielbankangestellte die Chips auf den Zahlen 9, 19 und 29.

«Dasselbe für mich», sagte Bienzle und reichte dem Croupier drei Zehnerchips, die er soeben ausbezahlt bekommen hatte.

«Noch mal die Siebenundzwanzig!» rief der Croupier.

«Verflucht», sagte Bienzle.

Ein Mann neben ihm lachte: «Sie haben doch den Fünferchip noch auf der Siebenundzwanzig liegen!»

«Ach ja . . .» Bienzle war zum erstenmal in einer Spielbank; hatte übersehen gehabt, daß er den Fünferchip hätte zurückfordern sollen. Er kassierte noch einmal Chips für 175 Mark und steckte sie wieder in die linke Rocktasche.

Als der Croupier erneut bat, das Spiel zu machen, griff der Kommissar wahllos in die Tasche und legte eine Hand voller Chips auf Rot.

Die Kugel rollte. Dr. Spieß, der nicht mehr gesetzt hatte, stand auf und ging zur Bar. Bienzle riß seinen Blick vom Spieltisch und folgte dem Mann im Dinnerjackett.

«Dr. Spieß?»

«Ja bitte?»

«Ich hätte Sie gern gesprochen.»

«In welcher Angelegenheit?»

«Es geht um Mord oder Selbstmord, ich weiß es selbst noch nicht so genau.»

«Ich versteh nicht . . .»

«Einen Moment!» Bienzle eilte noch einmal zu dem Spieltisch zurück. Seine Chips hatten sich verdoppelt. Ohne zu zählen, sackte er das Geld ein und folgte Dr. Spieß zur Bar.

«Nun?» Dr. Spieß wirkte ungeduldig. Er hatte ein kantiges Gesicht mit einem unverhältnismäßig weit vorspringenden Kinn. Um seine Glatze lief ein schmaler roter Haarkranz, der sich nach unten in Koteletten fortsetzte, die das Gesicht noch hagerer machten. Sein massiger Körper stand in einem seltsamen Gegensatz zu dem langgezogenen Gesicht. «Nun?» sagte er noch einmal und sah Bienzle lauernd an.

«Was trinkt man hier?» fragte der Kommissar.

«Sie können alles haben», sagte der sehr jung wirkende Barmann, der ein zu knapp sitzendes grünes Jäckchen trug.

«Dann geben Sie mir ein Pils, bitte.» Bienzle zündete sich ein Zigarillo an und sah Spieß direkt ins Gesicht. «Mein Name ist Bienzle; ich bin Hauptkommissar beim Landeskriminalamt in Stuttgart.»

«Ach ja?» Dr. Spieß genehmigte sich einen leicht interessierten Ausdruck.

Bienzle versuchte erst gar nicht, gegen die Abneigung anzukämpfen, die in ihm gegen diesen Mann aufstieg. «Kannten Sie Frédéric Meister?»

«Ja, ich kenne ihn noch; er ist ein Freund von mir.»

«Er war ein Freund ... Vielleicht war er einer», sagte Bienzle und nahm einen kräftigen Zug aus dem Bierglas. «Seit gestern abend ist er tot.» Er sah Dr. Spieß scharf an.

Für den Bruchteil einer Sekunde flackerten die Augen seines Gegenübers, dann sagte Dr. Spieß etwas atemlos: «Aber ... Wie ist das denn passiert?»

«Wir wissen es noch nicht genau; es kann Mord gewesen sein. Gestorben ist er wohl an einer Überdosis Rauschgift.»

«Ach – war er denn abhängig? Davon wußte ich gar nichts!»

«Nein, das war er wohl nicht.» Bienzle hatte keine Lust, mehr zu erklären. «Wie gut kennen Sie Bärbel Zoller?»

«Sie ist bei uns geritten, bis ... bis vor kurzem.»

«Und warum reitet sie jetzt nicht mehr?»

«Da müssen Sie das Mädchen schon selber fragen oder ihren Vater ... Und nun will *ich* mal ein paar Fragen stellen.» Wenn Spieß durch die Eröffnungen Bienzles aus dem Gleichgewicht geraten war, hatte er die Unsicherheit längst überwunden. «Warum fragen Sie gerade mich über Meister aus? Ich kenne ... Ich kannte ihn ganz gut, aber nicht besser als andere auch.»

Bienzle sah ihn finster an, dann sagte er kalt: «Wo waren Sie gestern zwischen achtzehn und neunzehn Uhr?»

«Jetzt reicht es aber!» Der Mann im Dinnerjackett wurde so laut, daß die Umstehenden zu ihnen herübersahen. «Was glauben Sie eigentlich? Sie kommen hier rein, fragen mich aus – und jetzt wollen Sie mich womöglich verdächtigen ... Also, das ist ... Ich muß schon sagen ...»

«Tja», lächelte Bienzle.

«Weisen Sie sich erst mal aus!»

Der Roulettetisch . . .

... bietet ohne Zweifel eine unterhaltsamere Art des Geldverdienens als der Bürotisch oder der Küchentisch. Schade nur, daß man sein Geld dabei auch verlieren kann. Und doppelt schade, daß mehr verloren als gewonnen wird.

Für sicheren Gewinn sind andere Arten von Banken zuständig. Die kann man ohne Krawatte und ohne Eintrittsgeld betreten.

Bienzle kramte seine Karte heraus und hielt sie Dr. Spieß dicht unter die Augen. «Es ist nun einmal mein Job, Leute zu fragen», sagte er übertrieben freundlich.

«Sie sind einer von der üblen Sorte!» Spieß konnte sich noch immer nicht beruhigen. «Mich wundert es nicht, daß man euch Schnüffler und Bullen und Pigs nennt.»

In Bienzle stieg sein Jähzorn auf, jene neben seinem Phlegma am meisten ausgeprägte Eigenschaft. Wer ihn kannte, sah es an einer kleinen, leicht hervortretenden Ader an der Schläfe. Jetzt pochte sie in heftigem Rhythmus. Er neigte den Kopf vor und brachte sein massiges Gesicht dicht vor das seines Gesprächspartners:

«Ich hätte da *noch* eine Frage . . .»

Er machte eine Pause, trank einen Schluck und klopfte sorgfältig die Asche von seinem Zigarillo. «Wie sind die zwölf Pferde zu Tode gekommen, die genau heute vor einer Woche und fünf Tage auf dem hochversicherten Transport gestorben sind?»

Spieß wollte etwas sagen, aber Bienzle ließ ihn nicht zu Wort kommen:

«Ich weiß, ich weiß – sie sind alle miteinander an der Dämpfigkeit eingegangen oder mußten umgebracht werden . . . Nur, woher kam denn die Dämpfigkeit so plötzlich? Spielen Sie heute abend hier schon mit der Versicherungssumme oder steht die noch aus?» Er kippte den Rest Bier in sich hinein und schluckte hörbar, fast ein wenig triumphierend.

Dr. Spieß war bleich geworden.

«Ich weiß nicht, ob Sie die Angst oder der Zorn blaß macht.» Bienzle lächelte böse. «Aber ich weiß, daß ich schon rauskriegen werde, wo Sie gestern abend waren, und ich komme auch dahinter, wie es im Haus eines Doktors der Tierheilkunde zu so vielen tragischen Todesfällen kommen kann . . .» Er reichte dem Ober ein Fünf-Mark-Stück und sagte großzügig: «Stimmt so.»

«Das macht aber sechsachtzig», belehrte ihn der Jüngling im zu knappen grünen Jäckchen. Bienzle legte mit einem Brummlaut noch zwei Mark dazu. Dann ließ er Dr. Spieß stehen und ging zu einem Spieltisch. Er legte fünf Zehn-Mark-Chips auf die 27 und verlor.

Als er die Spielbank verließ, hatte er dennoch fast 400 Mark gewonnen.

Im Hotel wartete der Stuttgarter Kollege Gächter auf ihn. Er saß in seiner Lieblingshaltung in einem Sessel gegenüber der kleinen Rezeption, die Beine über die rechte Armlehne gelegt, und plauderte mit einer hochbusigen jungen Frau, die auf ihrem glatten, hellen Gesicht mitten auf beiden Wangen zwei hektische rote Fleckchen hatte.

«Ach, bist du schon da?» sagte Bienzle, der jetzt müde war und sich abgestanden fühlte.

«Hauser persönlich hat mich auf Trapp gebracht.»

Gächter blieb ruhig sitzen und schaute zu Bienzle auf, der breitbeinig vor ihm stand und die Hände auf dem Rücken gefaltet hatte.

«Sag bloß, du hast den Fall schon gelöst und ich kann wieder fahren, noch bevor ich diese junge Dame auch nur einmal auf einen Musikdampfer eingeladen habe.»

Bienzle war zu müde, um zu grinsen. «Das reicht noch zu viele Dampferfährtle», knurrte er.

«Probleme?» Gächter schwang nun doch seine langen Beine von der Sessellehne und richtete sich ein wenig auf.

«Die gibt's doch immer», seufzte der Kommissar.

«Ach du liabs Hergöttle . . .»

«Du sollscht mir meine Sprüche lasse, gell?» fuhr ihn der Kommissar an. «Ond probier oms Hemmels willa net, schwäbisch z' schwätze.»

Es waren immer dieselben Dialoge, die die beiden miteinander führten, wenn sie sich nach einer längeren Pause wieder einmal begegneten. Sie mußten sich immer wieder neu an einander gewöhnen. Eine Freundschaft war da nie entstanden, wenn sich auch keiner der beiden in seiner Loyalität gegen den anderen übertreffen ließ. Sie blieben sich immer fremd.

«Wollen wir noch eine kleine Dienstbesprechung machen?» fragte Gächter.

Bienzle streckte sich, dann wendete er sich der Frau an der Rezeption zu. «Haben Sie einen brauchbaren Wein da?»

«Nur Württemberger», sagte sie.»

«Hano, do hört sich doch älles auf – ‹nur Württemberger› sagt se! als ob's ebbes Bessers gäb . . .»

Gächter lachte und stemmte sich aus dem Sessel hoch. Er überragte Bienzle gut um einen Kopf.

«Da haben Sie ihn direkt in seinem Zentralnervensystem getroffen», sagte er und studierte die Weinkarte, die ihm die Frau über den schmalen Tresen reichte.

«Strümpfelbacher Sorgenbrecher, Trollinger, ein Sechsundsiebziger?»

Bienzle nickte zustimmend.

Zwei Stunden später hatten sie zwei Literflaschen Strümpfelbacher geleert, Bienzle hatte noch eine halbe Stunde über den Unterschied zwischen diesem Wein, einem Uhlbacher Spätburgunder und einem

Korber Kopf philosophiert und war dann in sein Zimmer gegangen.

Angewidert sah er das Einheitsmobiliar an. Er lehnte sich gegen den Schrank. Er fühlte sich traurig und vereinsamt, in eine fremde Welt geworfen. Ausgebrannt. Er stieß sich von dem Schrank ab und ging zum Waschbecken hinüber. Müde stützte er sich auf und sah sich im Spiegel ins Gesicht. Das Weiße in seinen Augen war von roten Äderchen durchzogen; unter den Augen wölbten sich graue Ringe, und die Haut sah schlaff aus . . . Bienzle zog sich aus. Aus dem Erdgeschoß hörte er das helle Lachen der Frau an der Rezeption.

Gächter hatte gesagt, er wolle ihr noch ein wenig Gesellschaft leisten.

Beim Frühstück hatte Bienzle einen dicken Kopf. Er sprach kaum, und auch Gächter beschränkte seine Konversation auf «danke» und «bitte» und «kannst du mir mal die Butter reichen».

Bienzle bestellte einen Schnaps, trank ihn mit einer Grimasse und sagte, als er sich schon erhob: «Also, du schaust dir den Laden von diesem Spieß gründlich an. Ich fahr jetzt nach Tübingen zu dem Mädchen.»

«Wann wirst du zurück sein?»

«Ich denke, heute abend. Vielleicht mache ich auch noch einen Abstecher nach Stuttgart. Ich hab denen die Namen von allen Beteiligten durchgegeben; mal sehen, ob der Computer was weiß . . . Und noch eins; kümmere dich auch mal um den Obduktionsbericht.»

«Alles klar», sagte Gächter.

Auf dem Weg nach Tübingen ließ sich Bienzle Zeit. In Rottweil stellte er den Wagen ab und schlenderte eine Viertelstunde durch die mittelalterliche Altstadt wie ein Müßiggänger, der viel Zeit und kein Ziel hat. Die Sonne schien mild zwischen die engen Giebel und zeichnete spitze Dachschatten auf das dunkle Pflaster. Bienzle trank in einem Café ein Viertel Rotwein, aß eine Butterbrezel und rauchte in aller Ruhe ein Zigarillo.

«Sind Sie auf Urlaub?» fragte die Bedienung, als er die Rechnung verlangte.

«Sieht so aus, was?» Er lächelte zu dem Mädchen hinauf. «Aber es stimmt net; i hol bloß Luft.»

Sie gab ihm heraus und sagte diplomatisch: «Des muaß au sei, net wohr?»

Bienzle fuhr gemächlich weiter über die Schwäbische Alb. Rechts tauchte Burg Hohenzollern auf; die Dachpfannen spiegelten das Sonnenlicht wider. Der Kommissar sang leise vor sich hin, unterbrach sich aber erschrocken, als er feststellte, daß er einen Werbesong über extraweiche Weißwäsche vor sich hin trällerte. Er gab sich einen Ruck, holte tief Luft, dachte einen Moment nach und schmetterte dann zu laut für den kleinen Raum im Auto: «Als Büblein klein an der Mutterbrust . . .» Als er die Stelle «haltet euch bereit, macht die Kehlen weit» erreichte, brach er mitten im langgezogenen «. . . eieieiht» plötzlich ab und stöhnte: «Oh, du liabs Hergöttle vo Biberach, wia hent di d' Mucka verschissa!» Die Schönwetterdienstfahrt war empfindlich gestört, denn der Matra Simca hinter Bienzles VW-Variant – das war kein Zweifel – verfolgte ihn.

Alle Tricks, die man auf Polizeischulen lernt, um herauszufinden, ob man tatsächlich verfolgt wird, wendete Bienzle an, und alle führten zum gleichen Ergebnis: die zwei Männer in dem gelben Matra observierten ihn . . . Schließlich hob der Kommissar resignierend die Schultern und fuhr gemächlich weiter.

Bienzle umfuhr Tübingen auf der Umgehungsstraße. Ohne anzuhalten passierte er am Ortsausgang des Vororts Lustnau den alten Klosterhof, in dem das Drogenzentrum untergebracht war. Er achtete darauf, nicht einmal den Kopf zu wenden. In gleichmäßiger Fahrt rollte sein Wagen die B 27 entlang. Nach einer weiteren Stunde erreichte er durch den Schönbuch Stuttgart. Den Wagen stellte er in der Dorotheenstraße dicht beim Eingang zum Polizeigebäude ab. Der gelbe Matra Simca war ihm bis zur letzten Kreuzung gefolgt und dann plötzlich zurückgeblieben.

Der Pförtner lächelte ihm zu: «Herr Henrich hat gesagt, wenn Sie könnten, sollen Sie bei ihm reinschauen.»

Bienzle nickte. «Wenn sich's net vermeida läßt . . .»

Henrich war sein glückloser Nachfolger als Chef der Mordkommission, ein Verfechter wissenschaftlicher Methoden; er entwarf immer neue Strategiepläne und verfeinerte jede Dienstvorschrift um «die notwendigen anschließenden Verästelungen», wie er es nannte. Bienzle, der seiner Intuition mehr traute als allen Computern, Netzplänen und Fallstudien, nannte derartige Arbeit eine Käsdreckzieherei.

Henrich reichte seinem Vorgänger säuerlich die Hand und versuchte einen Scherz: «Ich höre, Sie gehen in meinem Dezernat fremd, sozusagen mit der einstigen Geliebten.» Bienzle machte sich nicht die Mühe, darauf einzugehen. Er fragte nur: «Haben Sie was für mich?»

«Antwort vom Cumputer aus Wiesbaden.»

«Aha.»

Henrich zog drei Blätter aus dem dritten Fach eines sauber gestapelten Fächerturms auf seinem Schreibtisch.

«Jetzt do guck!» Bienzle setzte sich auf die Schreibtischkante und starrte auf die Blätter, die er wie ein Kartenspiel aufgefächert in der Hand hielt. «Welche Nummer hat Tellemien?» fragte er.

«Der Chef Rauschgift?»

«Natürlich – haben wir sonst noch einen dieses Namens?» Bienzle schüttelte seinen Schädel.

«411.»

Bienzle wählte. «Sagen Sie mal, werter Kollege ... Ach so, ja – hier ist Bienzle, früher Mord, jetzt ... Ja. Ja, ich weiß, daß Sie das wissen ... Frage: Welche Bedeutung hat der Raum Seestadt für die Rauschgiftszene?» Er hörte eine Weile aufmerksam zu, dann sagte er: «So was habe ich mir gedacht ... Klar; Dreiländereck, Transportmöglichkeiten über den See ... Da hätte ich auch selber draufkommen können! Bedanke mich, Herr Tellemien.» Er schob die Blätter zusammen und ging wortlos hinaus.

In seinem eigenen Büro saß er lange bewegungslos in seinem gelbbraunen, zerkratzten Bürostuhl und starrte vor sich hin. Dann griff er nach dem Telefon, wählte seine private Nummer, legte aber wieder auf, bevor er das Freizeichen am anderen Ende hörte. Als kurz darauf das Telefon schrillte, fuhr er zusammen.

«Ja ...?» bellte er in den Apparat.

«Ich bin's, Gächter.»

«Ja, und?»

«Bei dir was Neues?»

«Kann man wohl sagen. Zuerst verfolgt mich einer. Ich bin deshalb in Tübingen einfach durchgefahren. Und dann liegen hier die Auskünfte vom Computer. Zu zwei Namen ist ihm was eingefallen: Conradt Zeck ist in die Kartei gekommen, weil er mal drogensüchtig war. Ursula Ralnik lebte zeitweise mit einem Arzt zusammen, der mit Rauschgift gehandelt hat.»

«Spieß?» fragte Gächter dazwischen.

«Ja ... Und ich hab den für einen Veterinär gehalten!»

«Ich denke, du hast dich erkundigt?»

«Komm, komm – hör bloß auf, mir Fehler nachweisen zu wollen!»

Gächter lachte leise ins Telefon.

«Erzähl lieber, was du weißt», raunzte Bienzle.

«Dr. Spieß hat in Seestadt nur einen kleinen Reitstall, und der ist auf den Namen seiner Frau Carolin eingetragen. Er hat aber noch ein größeres Unternehmen gleich hinter der Grenze, in der Nähe von Kreuzlingen. Handelt er denn noch mit Rauschgift?»

«Woher soll ich das wissen? Das Verfahren liegt sieben Jahre zurück. Ein Anwalt hat ihn rausgepaukt. 5000 Mark Geldstrafe – weiter nix. Seitdem wurden nur noch zwei Roßtäuscher-Verfahren gegen ihn angestrengt – und aufgehoben.»

«Was soll er denn verbrochen haben?»

«Er soll einen lahmen Gaul mit gefälschten Papieren versehen und mit Medikamenten kurzfristig aufgeputscht und als Spitzenspringpferd für ein Heidengeld verkauft haben. Und einen anderen hat er nach Meinung des Staatsanwalts ebenso hergerichtet, hoch versichert und dann um die Ecke gebracht.»

«Ganz schön», sagte Gächter. «Hast du irgendwelche Befehle für mich?»

Bienzle überlegte einen Moment, ob er den loyalen Gächter bitten sollte, seine Frau anzurufen und zu sagen, es könne noch Tage dauern, bis er zurück sei. Dann sagte er nur: «Kümmer dich um den Obduktionsbefund!» und legte auf.

Ächzend erhob er sich. Sollte er Hanna anrufen? Er warf eine Münze und verlor.

«Ob es wohl noch eine zweite Frau gibt, die so vernachlässigt wird?» war ihr erster Satz.

«Na, komm – mach halblang, Hanna!»

«Ist doch wahr! Und ich mach mir solche Sorgen um dich . . . Wo bist du überhaupt?»

«In Seestadt», log er.

Es trat eine Pause ein, und plötzlich hatte Hannas Stimme einen ungewohnt weichen Klang:

«Ernst . . . Komm g'sund wieder.»

«Mir passiert doch nix!» Er schämte sich, daß er sie angelogen hatte. «Also dann», sagte er.

«Mach's gut», sagte sie leise.

Es war schon ziemlich spät am Nachmittag, als Bienzle das Gebäude in der Dorotheenstraße verließ und wieder in den VW-Variant stieg. Als er den Motor startete, rollte Hausers Mercedes aus dem Tor, vorbei an zwei mit Maschinenpistolen bewaffneten Polizisten. Bienzle tat so, als ob er den Chef nicht sehe. Hauser hob die Hand, hielt dann in der Bewegung unschlüssig inne, zuckte die Achseln und sagte etwas zu seinem Fahrer. Der Dienstmercedes fuhr davon.

Bienzle schaltete das Autoradio ein und suchte herum, bis er ein klassisches Konzert fand. Schwungvoll kurvte er durch die vielen Kehren im Schönbuch Richtung Tübingen. Daß kurz hinter Dettenhausen, seinem eigenen Heimatort, in einem schmalen Waldweg der Matra Simca stand, sah er nicht.

Der alte Wirtschaftshof des Zisterzienserklosters Bebenhausen lag behäbig-gemütlich in der Dämmerung. Bienzle wußte, daß er lange als Waisenhaus gedient hatte; später hatten Studenten die Fachwerkhäuser bezogen, dann hatte der Hof leergestanden und war nach und nach verfallen.

Jetzt hatte die Drogenhilfe dort ein Rehabilitationszentrum eingerichtet. Zur Therapie gehörte es, daß die Patienten das zerbröckelnde Gemäuer wieder herrichteten, die Räume wohnlich machten, Wasserleitungen und Heizungsrohre legten. Sie pflegten Haustiere oder hatten Küchendienst. Das Reglement war hart; es beruhte auf Befehl und Gehorsam. Jeder mußte bis zur körperlichen Erschöpfung arbeiten.

Bienzle war die Arbeitslageratmosphäre unheimlich.

Stolz zeigte einer der Sozialarbeiter, der nach eigenen Angaben früher einmal selbst drogenabhängig gewesen war, was die Arbeitskommandos unter der Anleitung erfahrener Handwerksmeister zustande gebracht hatten. Im einstigen Vorratshaus hatten sie wohnliche Stuben eingerichtet, im Waschhaus war jetzt eine Sauna untergebracht. Sogar die alte Klostermauer hatten die jungen Leute wieder historisch getreu hochgezogen.

«Wie geht es Bärbel Zoller?» fragte Bienzle auf dem Weg vom einstigen Wehrturm, in dem sich jetzt eine Bibliothek und ein Lesezimmer befanden, zum Verwaltungsgebäude.

«Wir geben keine Auskünfte über unsere Patienten.»

«Dann werde ich sie selber fragen.»

«Sie wohnt im ersten Stock, das Zimmer gleich links neben der Treppe.»

Bienzle stapfte die ausgetretenen Holzstufen hinauf. Die Tür zu dem Zimmer stand offen. Ein schwarzhaariges, abgemagertes Mädchen richtete die Betten.

«Sind Sie Fräulein Zoller?»

Sie drehte den Kopf und schaute unter dem abgewinkelten Arm hindurch von unten zu ihm herauf. «Ja. Was wollen Sie?»

«Bienzle, Landeskriminalamt.»

Bärbel Zoller fuhr herum. «Ich hab nichts mehr mit der Polizei zu tun, das ist alles vorbei. Und die Zollstrafe zahlt mein Papa.»

Bienzle sah ihr ruhig ins Gesicht. Es wirkte sogar im Zorn noch traurig. Die Augen waren so schwarz wie ihr Haar, das lang und strähnig weit über die Schultern hinabhing. Der volle Mund war von zwei tiefen Falten umrahmt, die das Gesicht verhärmt und alt erscheinen ließen.

«Sie irren sich», sagte der Kommissar; «ich bin nicht Ihretwegen da.»

«So?»

«Wissen Sie, daß Frédéric Meister tot ist?»

Sie hatte es nicht gewußt. Ihre dunklen Augen weiteten sich, ihr Gesicht verzerrte sich zu einem unheimlichen, panikartigen Ausdruck. Es war, als ob sie ersticken müßte. Sie rang nach Luft.

Wenn sie doch losheulen würde, dachte Bienzle. Er wagte es nicht, etwas zu sagen und vermochte nichts zu tun.

Wie in einem Starrkrampf stand sie vor ihm, die schlanken Hände gegen die Hüften gepreßt, den Kopf angehoben, Mund und Augen aufgerissen wie zu einem unheimlichen, langgezogenen, stummen Schrei. Dann brach sie zusammen. Es war, als ob sich alle angespannten Muskeln und Sehnen mit einem Schlag lösen würden. Ihr Körper fiel zusammen. Bienzle dachte, das hab ich schon mal gesehen . . . Es war die Bewegung einer Marionette, wenn sie ihr Spieler aus der Hand legt.

«Gehen wir an die frische Luft», sagte Bienzle nach einer Weile.

Sie nickte stumm, legte sich ein gehäkeltes Tuch um die Schultern und folgte dem Kommissar.

Die Luft war erstaunlich warm für einen späten Septembertag. Es war jetzt heller als bei Bienzles Ankunft; die Sonne hatte knapp über dem Horizont ein Wolkenloch gefunden. Bienzle sagte vorsichtig: «Sie haben ihn sehr geliebt?»

«Ja.» Ihre Stimme klang jetzt fester.

«Ist er schuld, daß Sie jetzt hier sind?»

«Nein . . . Hat das mein Vater gesagt?»

«*Sie* haben es gesagt.»

«Ich?»

«Ja, Sie – als Puppe.»

Sie lachte leise. «Ach ja, Papas Spiele. Und seine Version, Frédéric habe mich da hineingetrieben . . .»

«War er's denn nicht?»

«Im Gegenteil; er hat alles versucht, um mich da rauszuholen.»

«Aber Ihr Vater . . .»

«Der muß seine eigene Version glauben, sonst wird er verrückt.»

«Das sollten Sie mir erklären.»

Sie waren einen steilen Weg hinaufgegangen. Er führte in einem langgezogenen Bogen durch einen dichten Laubwald. Die Blätter unter ihren Schuhen raschelten. Die Sonne war aus dem Wolkenloch hinter dem Horizont versunken. Fast schlagartig wurde es dunkel.

«Ich fürcht mich ein wenig», sagte das Mädchen.

«Nehmen Sie meine Hand.»

Sie griff schnell zu.

«Ist es so besser?»

«Ja.»

«Also, warum müßte Ihr Vater verrückt werden?»

«Er hatte unheimlich Schulden. Irgendwie war er nicht richtig krankenversichert, als Mutti in die Klinik mußte. Und da hat er sich auf was eingelassen . . . Na ja, ich kann's nicht erzählen, weil's vielleicht noch immer eine Strafe dafür geben würde.»

Bienzle sah zu ihr hinüber, aber er erkannte nur das verschwommene Oval ihres Gesichts.

«Sie sind über Ihren Vater an das Zeug gekommen?» fragte er ruhig.

«Mhm . . . Aber er hat nichts davon gemerkt. Am Anfang war's so, na – aus Spaß halt. Ich hab damit angegeben. Und dann – na ja . . .»

«. . . sind Sie reingerutscht.»

«Mhm.»

«Und Meister?» fragte Bienzle sanft.

«Als Papa es merkte, hat Fritz – so nannten Papa und ich ihn – Fritz hat gesagt . . .» Sie schluchzte auf.

«Hat er die Schuld auf sich genommen – nur um Ihren Vater . . .» Bienzle brach ab.

Ein Lichtschein war durch die dicht stehenden Bäume geirrt.

«Psst!»

Er zog das Mädchen hinter einen dicken Stamm. Sie hörten das Rascheln der Bäume und das Knacken von Ästen.

«Da kommt jemand», flüsterte Bärbel. Sie zitterte und drückte ihren knochigen Körper gegen Bienzle.

Jetzt hörten sie eine Männerstimme ganz in der Nähe – halb sprechend, halb flüsternd: «Bist du sicher, daß sie da hinauf sind?»

«Schnauze!» antwortete ein Baß.

Das Licht huschte als schmaler Keil kreuz und quer durch den Wald. Bienzle verfluchte sich selbst, daß er wieder einmal keine Waffe bei sich trug.

«Die finden wir hier nie.»

Der Mann, der dies sagte, stand keine zwei Meter von Bienzle entfernt. Langsam löste der Kommissar die Hände des Mädchens, die sich krampfhaft festgekrallt hatten, von seinem Oberarm. Der Mann vor ihm war einen Kopf größer als er und hatte im Widerschein des Taschenlampenlichts eine massige Figur. Jeden Moment konnte er sich umdrehen.

Der andere rief leise: «Die können doch nur auf diesem Weg hier zurück . . .»

Der Lichtkegel wanderte zitternd weiter. Die Drehbewegung führte auf Bienzle und das Mädchen zu. Der Kommissar federte in den Knien. Er kam sich ein wenig lächerlich vor dabei; geübt hatte er den Judo- und Karatekram mehr aus Pflichtbewußtsein denn aus Neigung und mit durchaus mäßigem Erfolg . . . Er warf seinen Körper nach vorn, legte den rechten Unterarm um die Kehle des Mannes und donnerte ihm das linke Knie heftiger ins Kreuz, als dies der Selbstverteidigungslehrer je verlangt hatte.

Der Mann schrie auf; die Taschenlampe trudelte zu Boden und schoß dabei ein paar unkontrollierte schwache Lichtstrahlen in die Baumkronen.

Ein Schuß knallte. Das Mädchen schrie auf. Schritte hasteten näher. Bienzle brüllte:

«Stehenbleiben – Polizei!»

Die Schritte verhielten. Der Mann unter Bienzles Würgegriff stöhnte. Das Mädchen wimmerte leise. Bienzle liefen die Schweißtropfen in die Augen.

Seine linke Hand fand die Pistole im Gürtel des Mannes; er zog sie heraus, entsicherte sie mit unsicheren Fingern und jagte einen Schuß in die Luft ... Für Sekunden war es unerträglich still im Wald. Dann davonhastende Schritte. Der Mann bei Bienzle bäumte sich auf und schrie: «Horst!»

Aber er bekam keine Antwort.

«Bärbel?» fragte Bienzle mit heiserer Stimme nach hinten.

Aber auch er bekam keine Antwort.

«Wenn Sie eine ungeschickte Bewegung machen, erschieße ich Sie mit Ihrer eigenen Waffe», sagte Bienzle, und seine Stimme hatte jenen Klang, den Stuttgarter Ganoven schon seit vielen Jahren fürchteten. Er bückte sich nach der Lampe und leuchtete zu Bärbel Zoller hinüber. Sie lag im dürren Laub. Ihre Stirn blutete.

«Heben Sie das Mädchen auf – so vorsichtig Sie können!» Bienzle blieb dicht hinter dem großen Mann, der stumm gehorchte.

«Zurück zum Heim», sagte Bienzle.

Von da an sprach niemand mehr, bis Bienzle die Tür zum Dienstzimmer der Sozialbetreuer mit einem Fuß aufstieß und den Mann mit dem Mädchen auf den Armen hineinwinkte.

Bärbel Zoller schlug die Augen auf, als sie ihr Träger auf eine Couch legte. Sie wollte etwas sagen, aber Bienzle gebot:

«Nicht sprechen.»

«Was ist passiert?» fragte der Sozialarbeiter.

«Einen Arzt, aber dalli!» fuhr ihn Bienzle an. Er beugte sich über das Mädchen, um die Wunde besser zu sehen.

Der Schlag warf ihn beinahe über sie. Noch ehe er sich ganz nach dem Angreifer umgedreht hatte, war der massige Mann mit unglaublicher Behendigkeit durch die Tür geschlüpft und in die Nacht verschwunden.

«Verfolgen Sie ihn denn nicht?» Der Sozialarbeiter legte den Hörer mit einer hilflosen Bewegung wieder auf die Gabel.

«Ich bin bekannt für meine unkonventionellen Methoden.» Bienzle lächelte schon wieder. «Da ich sowieso keine Handschellen bei mir hatte, habe ich ihm zur Sicherheit die Brieftasche geklaut.» Er hob ein zerschlissenes Ledermäppchen hoch. «Den kriegen wir schon.»

Es war ihm, als ob Bärbel Zoller das Gesicht zu einem kaum merklichen Lächeln verzogen hätte.

Der Arzt diagnostizierte einen an sich ungefährlichen Streifschuß, aber auch Gehirnerschütterung und erhebliche Schockeinwirkung. «Lebensgefahr dürfte nicht bestehen», sagte er.

«Medizinisch gesehen vielleicht nicht», sagte Bienzle nachdenklich.

«Wie meinen Sie das?» fragte der Doktor, leicht indigniert.

«Das Mädchen ist eine wichtige Zeugin», sagte er langsam. «Ich habe da ein bißchen Erfahrung. Wer jemand zum Schweigen bringen will, versucht's manchmal nach einem verunglückten Versuch auch noch ein zweites Mal.»

«Hier ist sie nicht sicher untergebracht», gab der Sozialhelfer zu bedenken.

«Ist sie transportfähig?» fragte Bienzle den Arzt.

«Sie ist schwach, auch wegen der Folgen des Drogenentzugs – sie hatte eine heftige Gelbsucht . . .» Der Doktor kratzte sich am Kopf. «Können Sie ihr nicht hier Polizeischutz geben?»

«Hier?» der Sozialhelfer starrte fassungslos von einem zum anderen. «Wenn wir Bullen . . . Verzeihung . . . Wenn wir erst mal Polizei im Haus haben, können wir unseren Laden gleich dichtmachen.»

«Das seh ich ein», meinte Bienzle gelassen.

«Gut, ich lasse sie in die Klinik bringen», sagte der Arzt.

Bienzle wollte noch wissen: «Wann ist das Mädchen vernehmungsfähig?»

«Schwer zu sagen. Vielleicht morgen. Vielleicht in einer Woche.»

«Na ja – kann man nichts machen.» Der Kommissar notierte sich Adresse und Telefonnummer der Klinik. Dann bat er telefonisch bei den Tübinger Kollegen um Personenschutz für Bärbel Zoller.

Noch einmal sah er auf das Mädchen hinunter. Das geschundene Gesicht war tief eingefallen und hatte eine gelbliche Farbe. Er strich ihr mit dem Rücken des Zeigefingers sanft über den Nasenrücken, schüttelte leise den Kopf und verließ, wie es nun mal seine Art war, grußlos den Raum.

Es war kurz vor Mitternacht, als er über den Neckar fuhr und für einen Moment die Geschwindigkeit verringerte, um einen raschen Blick auf das reizvolle Tübinger Panorama zu werfen: Stift, Hölderlinturm, Schloß und Stiftskirche. «Hier könnt mer leba!» sagte er leise und gab wieder Gas.

Seestadt erreichte er kurz nach halb drei. Er hielt an der ersten Telefonzelle und suchte sich Zollers Adresse aus dem Telefonbuch heraus. Als er die Anschrift fand, mußte er grinsen: Sündergäßchen 13. Am Bahnhof fand er einen Polizisten, der ihm den Weg erklärte.

Am Eingang der engen Gasse ließ Bienzle den Wagen stehen und legte den Rest des kurzen Weges zu Fuß zurück.

Zoller erschien in einem Bademantel, der gut und gern zwanzig Jahre alt sein mochte.

«Sie?»

«Ja. Ich habe Ihnen etwas mitzuteilen.»

«Ja, bitte?»

«Kann ich reinkommen? Es geht um Bärbel.»

Zögernd öffnete Zoller die Tür. Bienzle trat in ein gemütliches Zimmer, das mit englischen Möbeln eingerichtet war. Er ließ sich müde in einen lederbezogenen Ohrensessel sinken.

«Ich hab Durst», sagte er lakonisch.

«Dem kann ich abhelfen.»

Bienzle musterte interessiert das Zimmer. Auf einer grobstrukturierten Leinentapete hingen dunkelgerahmte Pferdebilder. Pferde mit aufgestellten Ohren, geblähten Nüstern, hochgereckten Köpfen, blekkenden Zähnen; springende, galoppierende, trabende Pferde. Schimmel und Rappen, Braune und Schecken . . . Zoller kam mit zwei Bierflaschen und zwei Henkelgläsern zurück.

«Hunger hätt ich auch.» Bienzle hatte immer Hunger, aber er versuchte jetzt vor allem, den Moment hinauszuzögern, in dem er Zoller von der Verletzung der Tochter berichten mußte.

Zoller schob Bienzle einen Teller mit verschiedenen Wurstsorten, Essiggürkchen und einem Rest Kartoffelsalat über die polierte Platte eines Rosenholztischchens zu.

Mit vollen Backen sagte Bienzle: «Sie sind schön eingerichtet.»

Zoller nickte mit einem abwesenden Gesichtsausdruck.

«Muß viel Geld gekostet haben», mümmelte Bienzle. «Verdient man denn als Schauspieler so gut?»

«Ich habe etwas Vermögen.»

«Aber Sie hatten nicht genügend Geld, als Ihre Frau krank wurde.»

Zollers Gesicht nahm einen gequälten Ausdruck an, aber er schwieg. Bienzle schob ein großes Stück Schinkenwurst in den Mund und sah Zoller unverwandt an.

«Was ist mit Bärbel?» fragte Zoller schließlich.

Bienzle druckste herum. «Zum Glück ist ihr nicht viel passiert . . . Sie wurde angeschossen.» Er schluckte den Wurstbissen hinunter, dann fuhr er mit überraschender Schärfe in der Stimme fort: «Zwei Zentimeter weiter links, und sie wär jetzt tot.»

Zoller wurde weiß im Gesicht. Er kämpfte um seine Fassung. Schließlich sagte er: «Müssen Sie eigentlich so brutal . . .»

Bienzle unterbrach ihn: «Kein Lamento; das Mädchen lebt. Aber dazu, daß sie noch am Leben ist, können Sie ganz bestimmt nicht allzuviel.»

«Ich verstehe Sie nicht.»

«Ich warne Sie», sagte Bienzle kalt; «ich werde Sie nicht schonen. Sie wissen mehr, als Sie mir bisher gesagt haben – und Sie werden mir alles sagen; dafür garantiere ich!»

Zoller saß auf der vorderen Kante eines lederbezogenen Empirestuhls auf der anderen Seite des Rosenholztischchens. Seine Hände hatte er flach zwischen die Knie gepreßt. Bienzle nahm einen großen Schluck aus seinem Bierglas.

«Ich werde Ihnen jetzt noch nichts sagen.» Zollers Worte kamen gepreßt.

Bienzle sah ihn stumm an. Lange. Zoller wurde es unter dem starren Blick des Kommissars ungemütlich.

«Ich kann jetzt nicht.»

«Hoffentlich können Sie noch, wenn Sie dann endlich können», brummte Bienzle.

«Ich passe schon auf mich auf.»

«Und wer paßt auf Ihre Tochter auf?»

Zoller erhob sich und ging zu einem Schrank mit zwei messingbeschlagenen Flügeltüren. Er griff hinein und zog eine Marionette heraus. Mit einer kaum merklichen Bewegung seiner rechten Hand erweckte Zoller die knapp dreißig Zentimeter große Puppe zum Leben. Sie sprang mit einem leisen Klappern auf das Rosenholztischchen.

Bienzle, der noch immer das Gesicht Zollers beobachtete, wendete sich nun der Marionette zu. «Das ist doch . . .» Für einen Moment hatte es ihm die Sprache verschlagen.

Ein leichtes Lachen . . . Kam es von der Puppe oder vom Puppenspieler? «Ja, ja, es ist der Spieler Zoller», sagte Zoller.

Tatsächlich war die in einen schwarzen Samtanzug gekleidete Marionette eine außerordentlich gelungene Nachbildung des Puppenspielers.

«Wenn ich Ihnen einmal alles sagen kann, werden es vielleicht meine Puppen tun.»

Bienzle fuhr sich mit der Hand über die Augen.

«Es ist schon spät», sagte Zoller und ließ die Puppe achtlos neben sich zu Boden sinken.

«Das ist nicht das Problem», knurrte Bienzle; «ich arbeite oft genug eine Nacht durch . . . Es ist dieser Schnickschnack, den Sie immer dann veranstalten, wenn ich vernünftig mit Ihnen reden will.»

«Draußen wird's schon hell», sagte Zoller, ohne auf Bienzles Einwurf zu antworten.

Der Kommissar stemmte sich aus dem bequemen Ohrenbackensessel empor. Mit steifen Beinen ging er ein paar Schritte auf und ab. Breitbeinig blieb er vor einem Teil der Bildergalerie stehen. «Sie sind Pferdeliebhaber?» Es war eine Feststellung. Keine Frage.

«Ich bin früher viel geritten.»

«Heute nicht mehr?»

«Nein.»

«Warum nicht?»

«Ach, wissen Sie, ich habe so viel anderes . . .» Zoller ließ den Satz in der Luft hängen.

«Wo sind Sie geritten?»

«Mal hier, mal da.»

«Auch mal im Reitstall von Dr. Spieß?»

«Auch dort, ja.»

«Vertragen Sie sich gut mit dem Exmediziner?»

«Warum sagen Sie Exmediziner?»

«Nun, er praktiziert nicht mehr.»

«Aha.»

Bienzle fuhr ärgerlich herum und stampfte mit dem Fuß auf. «Sie lasset mi am lange Arm verhungern.»

Zoller lächelte, aber er sagte nichts.

Bienzle ging zur Tür, drehte sich um und knurrte: «Sie führet mi nimmer lang an der Nas rom!» Dann knallte er die Tür hinter sich zu.

Es war vier Uhr, als Bienzle mit gemächlichen Schritten das Sündergäßchen hinabging. In einem Hauseingang blieb er stehen, um sich ein Zigarillo anzuzünden. Vom See her wehte ein kühler Wind, der raschelnd einzelne Blätter vor sich hertrieb.

Als Bienzle aus dem Hausgang heraustrat, sah er, wie ein Wagen in das Sündergäßchen einbog. Es war ein gelber Simca Matra. Mit einem Satz brachte sich der Kommissar außer Sichtweite. Das flunderflache Fahrzeug rollte langsam an ihm vorbei und hielt vor dem Haus, in dem Zoller wohnte.

Ein Mann stieg aus und blickte an der Fassade des schmalbrüstigen Barockhauses hinauf. Dann schritt er auf die Haustür zu.

Bienzle löste sich von der Mauer, an die er sich gepreßt hatte, und ging dicht an den Häusern entlang auf den gelben Sportwagen zu. Der Mann hob einen Finger, um die Klingel zu drücken. Bienzle rief:

«Hallo – Horst!»

Der Mann fuhr herum.

Zufrieden brummte der Kommissar und ging freundlich lächelnd auf den Fremden zu, der eine kurze schwarze Lederjacke und enge Jeans trug, die in nietenbeschlagenen Schaftstiefeln steckten. Das blonde Haar war bleistiftlang und militärisch exakt gescheitelt. Bienzle schätzte ihn auf Mitte Zwanzig.

«Suchen Sie mich?» fragte der junge Mann unsicher.

«Wir kennen uns nicht, aber wir sind uns erst vor kurzem begegnet.»

Der blonde Stiftenkopf glotzte den Kommissar verständnislos an, aber mit dem Instinkt des Schlägers suchte er sich eine günstige Position mit dem Rücken zur Hauswand. Seine Hand bewegte sich in Richtung Gesäßtasche.

Bienzle, der beide Hände tief in seine Manteltaschen vergraben hatte, sagte mit einem leicht drohenden Unterton: «Wenn Sie Dummheiten machen . . . Gestern abend habe ich absichtlich in die Luft geschossen . . .» er faßte das schmale Zigarillo-Schächtelchen und hob es an, so daß es eine achtunggebietende Wölbung in der Tasche bildete. Die Pistole, die er vorhin im Wald dem anderen Ganoven abgenommen hatte, lag im Handschuhfach seines Wagens und seine Dienstwaffe hatte er natürlich wieder einmal nicht dabei . . . Er mußte grinsen.

Sein Gegenüber deutete es falsch. «Bitte, schießen Sie nicht, Herr Kommissar!»

«Ach – Sie wissen, wen Sie vor sich haben?» Bienzle war stolz darauf, daß er auch noch den abgebrühtesten Gangster in nahezu allen Situationen mit ‹Sie› ansprach. «Das erleichtert uns das Gespräch.»

«Das Gespräch?»

Bienzle lehnte sich gegen den gelben Sportwagen. «Wer schickt Sie?»

«Verhaften Sie mich?»

Das war eine gute Frage. Wie verhaftete man einen Mann ohne Waffe und ohne Handschellen, wenn man zudem noch allein ist?

«Ich weiß es noch nicht», sagte Bienzle wahrheitsgemäß. «Zunächst einmal will ich mit Ihnen reden.»

«Wenn Sie mich verhaften, verlange ich einen Anwalt», sagte der junge Mann trotzig.

«Klar; Ihr gutes Recht. Aber im Augenblick sind Sie ja noch ein freier Mann.»

Bienzle machte einen Schritt auf ihn zu. Der andere hob die Hände in Kopfhöhe. Bienzle erkannte seinen Vorteil sofort:

«Umdrehen; Hände an die Wand!» kommandierte er. Es klappte wie auf der Polizeischule. «Füße weiter zurück . . .» Jetzt wollte es Bienzle genau wissen. Mit einem schnellen Griff zog er eine Walther P 66 aus dem Hosenbund des Blonden. «Okay, das Ganze zurück!» Bienzle atmete auf. «Dort vorn steht mein Wagen. Gehen wir.»

Mit hängendem Kopf trottete Horst vor dem Kommissar her zu dem abgestellten VW-Variant. Bienzle öffnete mit der linken Hand die rechte Tür und zog aus dem Handschuhfach ein Paar Handschellen heraus. Als sie um die Handgelenke des schwarzgekleideten Ganoven klickten, fühlte sich der Kommissar, als ob er ein Fuder Holz gehackt hätte.

«Steigen Sie ein.»

Bienzle ging um den Wagen herum und setzte sich ans Steuer. Um ein Haar hätte er gefragt: Wo geht's denn hier zur Polizei?

Zum Glück wußten die Beamten auf dem nächsten Revier von Bienzles Gastspiel in Seestadt.

«Brauchen Sie ein Zimmer fürs Verhör?» fragte ein Polizeimeister eifrig.

Der Kommissar schüttelte den Kopf. «Der ist genauso müd wie ich; wir wollen uns alle nicht überfordern.»

«Ganz recht», meinte der Uniformierte. Er führte den Gefangenen ab.

Als er wiederkam, fragte Bienzle: «Habt ihr ein Bier im Haus?»

«Im Dienst . . .»

«. . . wird überall gesoffen», unterbrach ihn Bienzle grob, aber freundlich.

«Einen Kaffee vielleicht?» fragte ein dicker Uniformierter, der, der an einem alten Bürotisch saß und mit beiden Händen eine antiquierte Schreibmaschine beiseite schob.

«So seht ihr aus!» Bienzle grinste, ging um die Theke herum und zielstrebig auf einen Rollschrank zu.

«Das ist wohl eine Hausdurchsuchung?» erkundigte sich der Beamte, der den Gefangenen abgeführt hatte.

Bienzle ließ die Rolltür nach unten sausen und kippte eine Reihe Leitzordner nach vorn. «Na bitte», brummte er und brachte eine Flasche Korn und drei Flaschen Bier zum Vorschein. «Gläser!»

Der dicke Polizist wieselte eifrig zu einem Schränkchen in der Ecke, angelte mit geschickten Fingern drei Gläser und brachte sie zur Theke.

«Na denn!» sagte Bienzle, und nachdem sie einen kräftigen Schluck genommen hatten, warf er die zerknitterte Brieftasche auf einen der Bürotische. «Da sind die Papiere von einem, der auch sofort festgenommen werden müßte.» Er legte die Pistole daneben, die er dem Mann abgenommen hatte. «Den Ballermann hat er bei sich gehabt . . . Ach ja, meinen Wagen laß ich einstweilen bei euch stehen – schenkt mir doch noch ein paar Promille ein.»

Es geschah bereitwillig.

Langsam ging Bienzle durch die Straßen der alten Stadt. Männer und Frauen auf dem Weg zur Arbeit begegneten ihm. Es war kurz nach sechs. Das Hotel erreichte er um halb sieben.

«Ach, seien Sie doch so nett und wecken Sie den Herrn Gächter, Zimmer 311 . . . Ich erwarte ihn – sagen wir –, na, sagen wir, in einer halben Stunde – zum Frühstück. Und vorher soll er noch meinen Wagen holen – steht vor dem nächsten Polizeirevier.» Bienzle gab der hochbusigen Frau an der Rezeption den Schlüssel und lächelte sie in einer Weise an, die den meisten Leuten das Zurücklächeln unmöglich gemacht hätten.

Sie lächelte zurück.

«Du hörst mir womöglich zu», sagte Bienzle ungefähr eine Stunde später über den Rand seiner Kaffeetasse hinweg zu seinem Kollegen Gächter.

«Nee, ich nehm das alles telepathisch auf.» Der schlaksige Kriminalmeister gähnte ungeniert. «Willst du nicht den Haußmann anfordern? Wir wären dann das alte Team.»

«Der Henrich kriegt ein Magengeschwür.»

«Eben!» sagte Gächter trocken und schlürfte bedächtig seinen Kaffee.

«Später vielleicht.» Bienzle gefiel der Gedanke. «Aber jetzt . . .»

«. . . wollen wir mal die Lage rekapitulieren.» Gächter richtete sich ein wenig auf.

«Ja, das wollte ich gerade sagen.»

«Ich weiß.» Gächter gähnte erneut.

«Wir haben einen Toten . . . Was ist überhaupt mit der Obduktion?»

«In einer Stunde weiß der Gerichtsmediziner . . .»

«Soll das heißen, daß noch kein Ergebnis vorliegt?»

Gächter nickte träge.

«Ja, dann . . .» Bienzle resignierte.

«. . . können wir das Rekapitulieren noch ein wenig aufschieben», sagte Gächter sichtlich erleichtert.

In dem Arbeitsraum des Gerichtsmediziners brannte schattenloses, fahlblau-kaltes Licht. Es war kurz nach neun, als Bienzle und Gächter das kahle Zimmer betraten. In der Mitte unter einer flachen, runden Lampe lag der starre Körper einer Frau auf einer Bahre. Vom Nabel abwärts war sie mit einem grünen Tuch bedeckt. Dort, wo die Schienbeine sein mußten, stand ein Teller mit belegten Brötchen und, zwischen die Unterschenkel eingeklemmt, eine Flasche Bier.

Ein kleiner, dicker Mann mit wirren grauen Haaren kratzte sich mit der Hand, die ein Skalpell hielt, hinter den Ohren. «Sie sind Polizeibeamte.»

«Woran merken Sie das?» fragte Gächter.

«Jeder andere würde einen Schreck bekommen, wenn er hier hereinkäme . . . Schon gefrühstückt?» Der Mediziner wies mit einer einladenden Geste auf die Brötchen.

Bienzle tat etwas, was Gächter in äußerstes Erstaunen versetzte: er lehnte ab. Gächter griff zu und biß kräftig in ein Käsebrötchen.

«Sie kommen wegen Frédéric Meister . . .» Der Arzt legte das Skalpell zur Seite, schob die Ärmel seines weißen Mantels bis über die Ellbogen hinauf und holte Luft. «Ein begabter Schauspieler. Ich hab ihn im ‹*Guten Menschen von Sezuan*› gesehen, als Flieger. Und im ‹*Prinzen von Homburg*› in der Titelrolle . . .» Der kleine Mann schnalzte mit der Zunge; dann wiegte er den Kopf. «Im ‹*Faust*› war er überfordert.»

«Und wie ist er als Leiche?» fragte Gächter ungerührt.

Der Arzt lachte. «Perfekte Darstellung eines Mordopfers – die Spritzen wurden ihm von fremder Hand verpaßt, nachdem er – vermutlich von hinten – bewußtlos geschlagen worden war.»

«Sie sind da ganz sicher?» Bienzle sah ihn fast beschwörend an.

«Ja, absolut. Zwischen dem Niederschlag und der Injektion dürfte eine Weile vergangen sein.»

«Interessant», murmelte Gächter.

«Außerdem lassen die Einstiche darauf schließen, daß sie alle von rechts, genauer: mit der rechten Hand ausgeführt wurden – von jemand, der Meister gegenüberstand oder, das ist wahrscheinlicher, hockte.»

«Würden Sie sagen . . .» Bienzle sprach jetzt sehr bedächtig: «Würden Sie sagen, daß ein Mensch die Einstiche anbrachte, der eine gewisse Übung im Spritzen hat?»

«Im Gegenteil; da muß ein Dilettant am Werk gewesen sein. Er hat übrigens zur gleichen Zeit noch andere Einstiche angelegt, ohne zu spritzen.»

«Und warum hat er das Ihrer Meinung nach getan?»

«Das liegt doch auf der Hand: Er wollte vortäuschen, Meister sei ein Fixer gewesen.»

«Könnte ja sein», sagte Gächter und trank ohne zu fragen aus der Bierflasche, die zwischen den Beinen der Leiche eingeklemmt war.

«Nein, nein, nein!» Der kleine Arzt ereiferte sich. «Nichts, aber auch gar nichts deutet darauf hin, daß der Mann jemals süchtig war.»

Bienzle sagte: «Es soll Zeugen dafür geben, daß er schon mal Kokain geschnupft hat.»

Der Doktor machte eine wegwerfende Handbewegung. «Freud hat auch geschnupft.»

«Aber er ist nicht an einer einschlägigen Vergiftung gestorben.»

«Nee, im Gegenteil . . .» Der Arzt kicherte kindisch.

Bienzle ging zur Tür. «Gibt es einen schriftlichen Bericht?»

«Der muß schon bei Kommissar Häberle liegen», sagte der Arzt und zog einen langen Schnitt in die Haut der Leiche.

Bienzle und Gächter gingen zum Seeufer hinunter. Der Himmel war klar, und nur vereinzelt zeigten sich Föhnwolken wie feine weiße Gazelappen vor dem strahlenden Blau. Im Hintergrund stiegen grau die Berge empor.

«Föhn», sagte Gächter.

Bienzle setzte sich auf eine Bank und starrte abwesend auf die glatte Wasserfläche. «Ich mache mir Sorgen um das Mädchen», sagte er nach einer Weile.

«Die beiden Killer haben wir doch.»

«Nein, nein – versteh mich nicht falsch; ich denk nicht, daß sie noch mal einen Mordversuch machen. Aber sie wirkt so . . . so krank.»

Gächter schüttelte seinen schmalen Windhundkopf. «Nun bist du doch seit bald zwanzig Jahren Polizist . . .»

«Das ist doch kein Grund, nicht mehr Anteil zu nehmen.»

Der lange Kriminalmeister zuckte gleichmütig die Achseln. «Für mich sind das Sentimentalitäten.»

«Na gut»; Bienzle schüttelte die unangenehmen Gedanken ab. «Laß uns zur Sache kommen.» Er zündete sich umständlich ein Zigarillo an. «Meister war hier der Star, ein wichtiger Mann fürs Seestädter Theater. Ohne ihn gab es keine Aufführung. Zeck war sein Rivale; er ist zwar unbegabt, glaubt es aber nicht. Frédéric Meister hatte was mit Bärbel Zoller, aber das muß nicht besonders ernsthaft gewesen sein – vielleicht mehr Spielerei von ihm . . .»

«Aber für das Mädchen war's vielleicht wichtig», warf Gächter ein.

«Mag sein . . . Zoller war mal in Geldschwierigkeiten. Und in dieser Zeit hat er offensichtlich illegale Geschäfte gemacht. Seestadt, das sagen mir die Kollegen vom Rauschgiftdezernat, ist ein Umschlagplatz. Es liegt im Dreiländereck. In die Schweiz ist es ungefähr genauso weit – oder besser nah – wie nach Österreich, und über den Bodensee lassen sich Transporte leicht abwickeln . . . Nehmen wir mal an, dieser Dr. Spieß ist der Chef einer Organisation, die derartige Standortvorteile nutzt; ein Verein, der mit allem handelt und schiebt, was so geht: Rauschgift, Falschgeld, Luxusautos, Pferde und so weiter.»

«'n richtiger Bauchladen», murmelte Gächter.

«Ist ja nicht neu, daß derartige Banden ihre Geschäfte diversifizieren.»

«Was machen die?»

«Na ja, die stellen ihren Handel auf mehrere verschiedene Beine, sozusagen.»

«Ach ja?»

«Komm, stell dich nicht dümmer als du bist.»

Gächter sah interessiert einem Mädchen nach, das auf hohen Absätzen und in engen Jeans, durch die sich die Konturen eines knappen Höschens abzeichneten, vorbeistöckelte. «Du denkst also, alles deutet auf Spieß?»

«Es sieht so aus. Und deshalb wird's wohl nicht stimmen», meinte Bienzle düster.

«Das Positive an Pessimisten wie dir ist, daß sie alles für möglich halten.»

«Ist das von dir?»

«Nein – ein abgewandeltes Zitat von Thomas Mann. Ich erwähne es nur, damit du siehst, daß ich auch Bildung habe. In Wirklichkeit habe ich's neulich in einer Illustrierten gelesen.»

«Du kostest mich Nerven!» Bienzle warf sein Zigarillo auf den sauber geharkten Sandweg und trat es aus. «Es könnte durchaus sein, daß wir sozusagen nebenbei auf ein paar andere Sachen kommen, die mit Meisters Ermordung gar nichts zu tun haben.»

«Aber zu tun haben könnten.»

«Richtig.»

«Frauen?»

«Na ja, da ist diese Schauspielerin, die Ralnik. Der Computer sagt, sie hat was mit Spieß, und Zollers Puppen sagen, sie hat was mit Meister gehabt . . . Sie sieht wirklich gut aus, aber soweit ich's beurteilen kann, hat sie nicht viel Talent.»

«Du hast sie aber noch nicht befragt?»

«Nein. Du kennst doch meine Hemmungen bei Frauen.»

Gächter lachte. «Ich kenne Fälle, in denen du diese Hemmungen überwunden hast.»

Bienzle stand abrupt auf. «Gehen wir.»

«Wohin?»

«Frau Ralnik fragen, ob sie mit uns Essen geht.»

Der Theaterpförtner sagte: «Frau Ralnik muß oben sein. Wahrscheinlich ist sie bei einer Kostümprobe.»

Die beiden Beamten stiegen in den vierten Stock hinauf und gingen durch einen dunklen Gang auf eine Tür mit dem Schild KOSTÜMABTEI-

LUNG/SCHNEIDEREI zu. Bienzle klopfte.

«Kein Mann!» rief es von innen.

Routinemäßig sagte Gächter: «Aufmachen! Polizei!»

«Das zieht auch nicht», kam die Stimme durch die Tür.

«Gedulden wir uns», sagte Bienzle.

Kurz darauf öffnete sich die Tür einen Spalt. Eine vielleicht fünfundvierzigjährige Frau mit roten Haaren und lustigen Augen streckte den Kopf heraus.

«Was wollen Sie? Wir verleihen keine Kostüme mehr.»

Bienzle wurstelte seine Identitätskarte heraus.

«Sie sind tatsächlich Polizisten? So sehen Sie gar nicht aus.»

«Danke für das Kompliment. Können wir jetzt reinkommen?» fragte Gächter.

«Wen suchen Sie überhaupt?» Die Frau war nicht so ohne weiteres bereit, ihr Terrain freizugeben.

«Frau Ralnik», sagte Gächter.

«Die ist hier.» Die Rothaarige öffnete die Tür nun vollends.

Bienzle und Gächter traten in den Raum, der sich breit über die ganze Giebelseite zog. Nach links standen hintereinander drei Nähmaschinen, an denen Frauen saßen, die aufmerksam zu den beiden Ankömmlingen herübersahen. Rechts öffnete sich eine Art Nische, an deren Schmalseiten zwei riesige Spiegel in verschnörkeltem Goldrahmen hingen. Im Hintergrund war eine hübsche Couchecke um einen flachen Tisch gruppiert, auf dem eine Kaffeemaschine brodelte. In einem bequemen Sessel saß Ursula Ralnik, die Beine übereinandergeschlagen. Sie knöpfte betont langsam eine rohseidene Bluse zu.

Bienzle sah die Rothaarige an: «Sind Sie die . . . die Chefin hier?» Ihm fiel die richtige Berufsbezeichnung nicht ein.

«Die Gewandtmeisterin, ja.»

«Haben Sie Herrn Meister gut gekannt?»

«Nicht so sehr, leider.»

«Leider?»

«Er war ein sehr attraktiver Mann.» Sie lächelte. «Ich mochte ihn.»

Bienzle ging langsam in die Nische hinein. Er massierte dabei seine Nasenwurzel in der Hoffnung, seine Müdigkeit und das Brennen in den Augen mildern zu können. «Haben Sie ein wenig Zeit, Frau Ralnik?»

Sie sah zu ihm auf. «Nein. Ich muß meine Rolle studieren.» Ihre Stirn war in ärgerliche Falten gelegt.

«Dann werden wir Sie leider vorladen müssen», sagte Bienzle.

«Vorladen? Was soll denn das?»

«Liebe Frau Ralnik . . .» Bienzles Freundlichkeit bekam jetzt etwas Bedrohliches: «Wir wissen, daß Sie eine gewisse Erfahrung im Umgang mit der Polizei . . .» Er brach ab.

Die Nähmaschinen, die wieder leise zu rattern begonnen hatten, standen plötzlich still. Die Rothaarige legte die Schere aus der Hand.

Eine ganze Weile sagte niemand etwas.

«Müssen wir eigentlich hier . . .» Frau Ralnik war sichtlich nervös.

«Wir wollten Sie eigentlich fragen, ob Sie nicht mit uns essen gehen möchten.»

«Wenn's denn sein muß . . .» Sie stand unwillig auf und strich ihren Rock glatt.

Im gleichen Moment kam der alte Smetana durch die Tür. Er schleppte einen Stapel Uniformen. «Bittaschehn, meine Damen, die gesuchten Kostüme . . .» Er brach ab und starrte Bienzle an. Dann sagte er: «Haben Sie ihn schon?»

«Wen?»

«Na, den Mörder, bittaschehn!»

Gächter ging interessiert um den kleinen alten Mann herum. «Sie reden von dem Mörder, als ob sie ihn kennen würden.»

Smetana hob abwehrend die Hände und ließ dabei die Uniformen fallen. «Wo denken Sie hin?»

«Das können Sie nicht mal ahnen, wo ich überall hindenke», sagte Gächter.

Der kleine alte Schneider wurde sichtlich nervös. «Sie können einem ja angst machen.»

«Nur denen, die Grund zur Angst haben.» Gächter lächelte böse auf Smetana hinab.

«Laß doch deine Spielchen», brummte Bienzle.

Frau Ralnik sagte: «Was ist denn nun?»

«Gehen wir!» Bienzle hielt ihr die Tür auf. Smetana sammelte die Kostüme wieder auf. Er sah bleich aus.

Ernst Bienzles Miene hellte sich bei der Lektüre der Speisekarte auf. Er bestellte schwäbischen Sauerbraten mit Spätzle und grünem Salat und dazu ein Viertel Trollinger. Ursula Ralnik und Gächter entschlossen sich für Bodenseefelchen, mit Mandeln überbacken.

Bienzle sah sich seine Tischdame nachdenklich an. Sie hatte ein schönes, glattes Gesicht. Die blonden Haare schmiegten sich in sanften Wellen an. Alles stimmte an dieser Frau; die Augenbrauen hatten den idealen Schwung, die schönen blauen Augen und die kleine gerade Nase wirkten wie extra aufeinander abgestimmt. Volle Lippen öffneten sich leicht vor ebenmäßigen Zähnen.

«Was starren Sie mich so an?» sagte Ursula Ralnik abwehrend.

«Genaugenommen bewundere ich Sie.»

Für einen Moment sah die Schauspielerin den Kommissar prüfend an, so als ob sie klären wollte, welche Möglichkeiten dieses Kompliment eröffnete.

Bienzle lächelte. «Das ist für Sie doch sicher ein normaler Vorgang. Selbst ein Polizist kann erkennen, wie schön Sie sind.»

Gächter sah seinen Kollegen mit aufgerissenen Augen an.

Jetzt lächelte auch Ursula Ralnik. Dann fror das Lächeln ein. «Was war das vorhin in der Kostümabteilung?» fragte die Schauspielerin. «Sie sagten, ich hätte schon mal mit der Polizei . . .»

«Alte Geschichten.» Bienzle hob sein Weinglas genießerisch und schnupperte daran. «Der Computer des Bundeskriminalamts erfaßt alle Leute, die jemals im Umfeld einer kriminellen Tat aufgefallen sind.»

«Dann irrt er sich aber bei mir.» Ein neuer Lächelversuch.

«Nein», sagte Bienzle bestimmt und zerteilte ein Stück Sauerbraten mit Messer und Gabel.

Die Lächelmaske auf dem Gesicht der Mimin zerfiel.

Gächter, der seine Mühe mit dem gebackenen Bodenseefisch hatte, sah von seinem Teller auf. «Das Versteckspiel kostet uns zuviel Zeit.»

Aber der Kommissar hob beschwichtigend die Hand. «Uns Interessiert nur der Mordfall Meister.»

«Was habe ich damit zu tun?»

«Essen Sie doch», sagte Bienzle; «Ihr Fisch wird kalt.»

Eine Zeitlang schwiegen sie.

Dann sagte Bienzle unvermittelt: «Sie waren mit Meister liiert?»

«Was verstehen Sie unter liiert?»

Bienzle lächelte verlegen. «Früher fragten Polizisten in einem derartigen Fall: Waren Sie mit Meister intim?»

Ursula Ralnik lachte schallend. «Ich bin immer mal wieder mit jemand ‹intim›.»

Gächter konnte ein schadenfrohes Grinsen nicht unterdrücken, als er den Kommissar ansah. Bienzle war rot geworden.

Schließlich fragte er: «Wann waren Sie's mit ihm?»

Sie lachte noch immer in sich hinein. «Meistens dienstags und donnerstags.»

Bienzle stocherte in seinem Teller herum. «Sie wissen, was ich meine.»

«Ich kann mir's denken. Spießervorstellungen. Ich war nicht seine ständige Partnerin – privat.»

«Wer denn?»

«Das weiß ich doch nicht!»

Gächter bestellte ein Bier und einen Obstler und sagte dann grob: «Gehören die anderen Wochentage Herrn Dr. Spieß?»

«Aha, der Computer . . . Herr Dr. Spieß ist mir piepegal. Lassen Sie ihn hochgehen, wenn Sie können. Heute wär besser als morgen . . .

Noch besser wäre es vor ein paar Wochen gewesen.» Sie warf Messer und Gabel klirrend auf den Teller.

Bienzle sah ihr forschend ins Gesicht.

«Aber die Polizei greift ja immer nur ein, wenn bereits etwas passiert ist.»

«Man ruft uns selten früher», sagte Gächter kalt.

Bienzle leerte sein Glas und behielt dabei ständig Ursula Ralniks Gesicht im Auge. Behutsam stellte er das Glas auf die Tischplatte und sagte langsam: «Wenn Sie ihn so hassen, sollten Sie uns vielleicht sagen warum.»

Ursula Ralnik biß sich auf die Unterlippe und schwieg. Ihre Hände zitterten, als sie das Besteck wieder aufnahm. Die restliche Zeit des Essens verstrich, ohne daß geredet wurde.

Beim Kaffee sagte Bienzle: «Lassen Sie mich spekulieren ... Dr. Spieß hat Mittel und Wege, Sie daran zu hindern, irgendwelche Einzelheiten preiszugeben.»

Die Schauspielerin stand auf. «Denken Sie, was Sie wollen ... Das Essen geht ja wohl auf Ihre Spesen.» Damit schwebte sie hinaus, jeder Zoll eine Diva.

Gächter schüttelte leicht mit dem Kopf. «War das ein Verhör!»

«Des war koi Verhör, des war a schichterner Annäherungsversuch», sagte Bienzle.

Den Nachmittag verbrachte der Kommissar in seinem Hotelzimmer. Er lag auf dem Bett und starrte an die Decke. Er hatte Sehnsucht und wußte nicht wonach. Er fühlte sich unglücklich, heimatlos, unbehaust. Er spürte es körperlich, daß er allein war. Mutlos sah er auf die halb geschlossenen Fensterladen, bis er endlich einschlief. Er träumte von seiner Frau und von Ursula Ralnik, und plötzlich verschmolzen beide zu einer Person.

Als er nach drei Stunden aufwachte und die Fensterladen in die Dämmerung hinausstieß, dachte er, vielleicht ist es das – vielleicht sind Frauen mir gleichgültig, weil sie austauschbar sind ... Er trank ein Glas Wasser und schüttelte sich. Was ändert sich, dachte er, wenn ich den Mörder Meisters finde? Ihm fiel keine Antwort ein.

Mechanisch zog er sich an, wischte die Schuhe am Vorhang ab, kämmte sich, legte eine Krawatte um und nahm sie wieder ab. Unvermittelt fiel ihm ein Satz ein, den er irgendwann gelesen hatte: *Um sich frei zu fühlen, muß man nur nicht an seinen Ketten rütteln.*

Auf dem Weg zur Treppe klopfte er bei Gächter. Der Kriminalmeister meldete sich nicht. Als er die Rezeption erreichte, winkte ihm die hochbusige Frau am Empfang:

«Ein Gespräch für Sie!»

«Ich bin nicht da!» sagte Bienzle und ging in den Abend hinaus.

Am Hafen fand er das Gebäude mit der Aufschrift WASSERSCHUTZPOLIZEI. Ein junger Polizist saß in der Wachstube. Bienzle stellte sich vor und war sichtlich angetan, als der junge Kollege sagte:

«Ihr Name ist mir bekannt, Sie sind doch der Kommissar, der den Atommüllfall gelöst hat.» Seinerzeit war ein Artikel in der Fachzeitschrift *Die Polizei* erschienen. «Mein Chef hat damals gesagt, es sei ganz untypisch, wie Sie an die Fälle rangehen, aber ich glaube das nicht.»

«So», sagte Bienzle; «was soll denn daran untypisch sein?»

«Polizeiarbeit ist heute Teamarbeit, sagt mein Chef, und Sie seien so etwas wie der letzte einsame Jäger unter den Polizisten.»

Der Kommissar mußte lachen. «In zwei Dingen irrt Ihr Chef. Erstens war auch die Aufklärung im Atommüllfall die Leistung von mehreren. Ich kann nichts dafür, wenn mich die Presse hervorhebt. Und zweitens ist die Arbeit des Kriminalisten immer noch Kleinarbeit – rumrennen, fragen, Indizien einschätzen und so weiter. Und das sind Dinge, die einem niemand abnimmt.»

«Da bin ich ganz Ihrer Meinung», sagte der junge Polizist eifrig.

«Im Augenblick verfolge ich einen spontanen Einfall», sagte Bienzle, «von dem ich überhaupt nicht weiß, ob er etwas taugt. Habt ihr so etwas wie Bootslisten oder so?»

«Nein. Was wollen Sie denn wissen?»

«Mich interessiert, ob der Reitstallbesitzer Dr. Spieß ein Boot, eine Jacht oder so etwas auf dem See hat.»

«Hat er. Drei Stück!»

«Aha . . .»

«Ja, zwei Motorjachten und ein Segelboot; alle luxuriös ausgestattet.»

«Und der Liegeplatz?»

«Das Motorboot ‹Ursula› liegt hier in Seestadt.»

«Sieh mal einer an – ‹Ursula› . . . Ursula Ralnik.»

«Ja . . . Und die ‹Almira› und die ‹Santor›, die liegen in Bregenz und in Romanshorn.»

«Schön verteilt – eins in der Schweiz, eins in Österreich und eins in der Bundesrepublik.» Bienzle ging zu einer Karte, die hinter dem Schreibtisch des jungen Wasserschutzpolizisten an die Wand geheftet war. «Was ist eigentlich hier?» fragte er und legte seine Pranke mitten auf den Bodensee.

«Zollfreies Gebiet.»

«Mal angenommen, ich will Ware umladen, von einem Schiff auf das andere – merkt ihr das oder merkt es der Zoll?»

«Na ja – manchmal kommt man schon dahinter», sagte der junge Polizist lahm.

«Wissen Sie, ob die ‹Ursula› zur Zeit im Hafen liegt?»

«Vor einer Stunde etwa ist sie zurückgekommen; ich hab's gesehen.»

Bienzle ließ sich von dem jungen Beamten die Telefonnummer der Wasserschutzpolizei in Romanshorn und Bregenz geben. Er rief die Kollegen an und bat sie um Amtshilfe. «Eine oberflächliche Durchsuchung würde genügen», sagte er; eine Bestätigung komme per Telex.

Dann grunzte er einen Dank, ging hinaus und schlenderte auf den Jachthafen zu.

Für Bienzle, der nicht einmal schwimmen konnte, gehörte der Besitz eines Schiffs zu den unverständlichsten Dingen. Er stand an der niedrigen Kaimauer und musterte die eleganten Jachten, die sich dicht aneinander drängten und gluckernd vor sich hin dümpelten. Die Sonne war längst untergegangen. Am See war es kühl.

Ein knorriger alter Mann zog ein schlankes Segelboot auf einem zweirädrigen Karren aus dem Wasser und über eine Rampe zur Kaimauer hinauf.

«Wissen Sie, wo die ‹Ursula› liegt?» fragte Bienzle.

Der Mann deutete wortlos mit dem ölverschmierten Daumen der rechten Hand über die Schulter. In der angedeuteten Richtung hatte der Hafen eine rechteckige Einbuchtung, in der drei Schiffe lagen. Das größte davon war die ‹Ursula›.

Bienzle machte keine Anstalten, näher hinzugehen. Er setzte sich auf das Mäuerchen und zündete ein Zigarillo an. Er wartete. Manchmal schon hatten ihn Kollegen mit einer Katze verglichen, die ohne ein Zeichen von Ungeduld auf ihr Opfer warten kann. Bienzle hatte ein unerklärliches Gespür dafür, wann sich solches Warten lohnt. Nur selten täuschte er sich.

Der Hafen lag verlassen da. Seitdem der Mann mit dem zweirädrigen Wagen verschwunden war, hatte der Kommissar keinen Menschen mehr gesehen. Als sein Zigarillo heruntergebrannt war, stand er auf und lehnte sich gegen das grobe Holz einer Bootsschuppenwand.

Wie lange er so gestanden hatte, wußte er nicht. Warten bedeutete für ihn, daß die Zeit keinen Fortgang hatte.

Das flache Boot war kaum wahrzunehmen. Es fuhr ohne Licht und mit einem Motor, der nur leise summte . . . Muß ein Elektromotor sein, dachte Bienzle. Er löste sich von der Wand des Bootsschuppens; verließ den schwachen Lichtkreis einer Bogenlampe, die das Areal nur unzulänglich ausleuchtete, und duckte sich hinter eine große Kiste.

Zwei dunkle Gestalten schwangen sich über den Bootsrand und

glitten fast geräuschlos ins Wasser. Bienzle sah sie erst wieder, als sie nahe bei der ‹Ursula› an die Oberfläche kamen. Ihre nassen Gummianzüge spiegelten das matte Licht der Bogenlampe wider . . . Im Schatten des Schuppens schlich er sich näher.

Eine der schwarzen Figuren warf ein Seil, an dessen Ende ein schwerer Gegenstand befestigt war, über den Bordrand der ‹Ursula›. Er kletterte hinauf und nahm ein viereckiges Paket von den Schultern. Dann verschwand er im Schiffsinneren. Der zweite Taucher schwamm in einem großen Kreis um die Jacht herum.

Bienzle faßte nach seiner Dienstpistole, die er ausnahmsweise einmal mitgenommen hatte, und ging nun aufrecht auf das Schiff zu.

Die dunkle Gestalt tauchte wieder an Deck auf und gab dem Mann im Wasser ein Zeichen mit einem nach oben gerichteten Daumen.

Bienzle rief: «Halt – Polizei!»

Der Mann auf der Jacht fuhr herum. Bienzle hatte noch gute fünfzig Meter bis zum Schiff. Er rannte los.

Der Taucher verließ das Deck mit einem eleganten Sprung. Bienzle stoppte seinen Lauf. Dann ging er langsam zurück. Er wußte, daß es sinnlos war. Selbst wenn er hätte schießen wollen – das Geschoß wäre im Wasser so abgelenkt und gebremst worden, daß die Wirkung gleich Null geblieben wäre. Und das flache Boot, zu dem die Froschmänner jetzt kraulten, lag zu weit draußen, außer Pistolenschußweite. Er hörte es gleich darauf leise surren, als es in die Nacht hinausfuhr. Und dann vermischte sich dieses Geräusch mit einem anderen . . . Bienzle, der noch immer unbeweglich an der flachen Kaimauer stand, bemerkte erst, was es war, als er das Licht der Scheinwerfer sah.

Ein Auto näherte sich dem Hafen und wurde jetzt in die enge Gasse zwischen den Schuppen gesteuert. Bienzle duckte sich hinter zwei Blechtonnen. Der Wagen näherte sich mit Standlicht und leise laufendem Motor. Wenige Meter von seinem unbequemen Standort entfernt hielt das Fahrzeug.

Zwei Männer stiegen aus. Sie schienen in den Hafen gekommen zu sein, um die Schiffe, den nächtlichen Himmel oder das Spiegelbild des Mondes im Bodensee zu bewundern. Lässig an die Kühlerhaube gelehnt, standen sie nebeneinander. Bienzle erkannte bei dem Größeren mehrmals die gleiche Bewegung: er hob den linken abgewinkelten Arm – offensichtlich, um auf die Uhr zu sehen.

«Noch eine Minute», sagte der größere Mann ziemlich vernehmlich. Es war die Stimme von Dr. Alexander Spieß.

«Wird ein schönes Feuerwerk werden, bittaschehn!» kicherte der andere.

Bienzle überlegte fieberhaft. Sollte er vortreten und die beiden festnehmen?

«Noch vierzig Sekunden», sagte Spieß, und in seiner Stimme schwang Aufregung mit.

Der Überraschungseffekt ist größer, wenn ich etwas weiß, ohne daß die wissen, was ich weiß, dachte Bienzle und wurde sich klar darüber, daß er sich vor dem Eingreifen fürchtete.

«Noch zwanzig . . .» Spieß setzte seinen Countdown fort.

«Noch zehn . . .» Wieder die Stimme von Smetana.

Ein heller Blitz zuckte durch den nächtlichen Hafen. Eine gewaltige Detonation folgte. Bienzle wurde von der Druckwelle gegen eines der Fässer geworfen, und für den Bruchteil einer Sekunde war das ganze Areal hell erleuchtet; er sah die beiden Männer mit vorgereckten Köpfen auf die explodierende Jacht starren . . . Er fühlte sich an Kriegsfilme erinnert. Das brennende weiße Schiff gab ein wundervolles Bild ab.

Das Bild hatte sich noch nicht verändert, als die ersten Töne einer fernen Feuerwehrsirene erklangen. Jetzt wurden die beiden Männer lebendig. Spieß rannte auf den Bootssteg zu, Smetana lief in die entgegengesetzte Richtung. Er bewegte sich für sein Alter erstaunlich schnell und behende. Schon nach Sekunden war er zwischen den Schuppen verschwunden.

Spieß griff nach einem Eimer, der an der Rampe stand. Er begann hastig Wasser zu schöpfen und gegen das brennende Schiff zu schleudern. Er brachte nicht einmal ein Zischen zustande. Zwischendurch blickte er sich immer wieder einmal prüfend um.

Das Feuerwehrauto kam fast gleichzeitig mit einem Löschboot. Gewaltige Schaumfontänen erstickten schon wenige Minuten später die Flammen.

Bienzle ging sehr langsam um den Schuppen herum und tauchte dann unvermittelt neben dem Feuerwehrauto auf.

«Wer sind Sie?» fuhr ihn der Kommandant an.

«Kriminalhauptkommissar Bienzle.»

«Stimmt!» Das war die Stimme des jungen Wasserschutzpolizisten. «Der Herr Kommissar ermittelt im Mordfall Meister.»

«Brunnenmüller», stellte sich der Kommandant vor.

«Hübscher Name für einen Feuerwehrkommandanten», sagte Bienzle freundlich.

Der schmale Platz zwischen den Bootsschuppen füllte sich schnell mit Neugierigen, die sich diszipliniert zu einem Kreis um die Feuerwehrmänner, Bienzle und den jungen Wasserschutzpolizisten gruppierten. Erst als zwei uniformierte Polizisten mit ihren Motorrädern angeprescht kamen und sofort ihre Befehle ausgaben – «Zurücktreten!

Platz machen!» – wurden die Zuschauer unruhig und drängten näher.

Spieß kam müde den schmalen Holzsteg herauf.

«Ach, Sie . . .?» sagte er beiläufig, als der Bienzle sah.

«Tut mir leid für Sie», sagte der junge Polizist.

«Ich denke, er ist gut versichert», knurrte Bienzle. Er bahnte sich einen Weg durch die Umstehenden und ging in die Nacht hinein.

«Vielleicht hat er das letzte, was ihn an Sie erinnerte, heute nacht verbrannt», sagte der Kommissar. Er saß auf einem zerbrechlichen Stuhl in der Damengarderobe des Seestädter Theaters. «Hier muffelt's!»

«Ja, es ist schlimm; nicht mal Einzelgarderoben haben die hier!»

«Stärkt vielleicht den Teamgeist.» Bienzle lächelte müde.

«Fördert die Rivalität. Hier guckt jede, ob die andere wirklich so viel Busen hat, was sie für Unterwäsche trägt, ob sie sich einen Knutschfleck eingefangen hat . . . Widerlich!»

«So wie Sie es schildern . . .»

«Glauben Sie mir, es ist so.»

«Sie können einem aber auch alle Theaterillusionen nehmen.»

«Das will ich gar nicht.» Ursula Ralnik saß in einem seidenen Morgenmantel auf einem Hocker vor dem Garderobenspiegel. «Wenn der Vorhang aufgeht und die Scheinwerfer und die Schminke alles zudekken . . . Aber was erzähle ich Ihnen da; das sind Geschichten, die an jedem Provinztheater laufen.»

«Ich verstehe nicht viel davon.»

«Na schön», sagte Frau Ralnik sachlich.

«Können Sie mir erklären, warum ein Mann sein eigenes Schiff verbrennen läßt?»

«Dafür gibt es nicht viele Erklärungen. Man müßte wissen, was mitverbrannt ist. Der Sachschaden stört Spieß nicht. Er ist versichert.»

«Keine Versicherung der Welt wird diesen Schaden bezahlen. Ich bin Zeuge dafür, daß es Brandstiftung war.»

Ursula Ralnik sah den Kommissar an. Dieser kantige Kopf, diese braunen, anteilnehmenden Augen, die ausgeprägte Nase und das trotz des Fettansatzes eckige Kinn machten ein ungewöhnliches Gesicht aus. Sie sagte, was sie dachte:

«Wie ein Polizist sehen Sie eigentlich nicht aus.»

Bienzle lächelte. «Dafür sehen Sie aber genauso aus, wie ich mir immer eine Schauspielerin vorgestellt habe.»

Ursula Ralnik stand auf und strich den ohnehin glatten Seidenstoff glatt. «Sie müssen naiv sein – oder besonders raffiniert.»

«Warum?»

«Weil Sie mir eine Geschichte erzählen, die sie das Leben kosten kann, wenn ich sie Spieß weitererzähle – einem Mann, mit dem ich nicht nur eine Polizeiakte, sondern auch schon das Bett geteilt habe.»

Bienzle sah die Frau ernst an. «Hübsche Formulierung . . .»

«Aber sie gefällt Ihnen nicht.»

«Stimmt, ich hab gegen Ihre . . . Na, wie sag ich's . . . Ihre . . .»

«. . . leichtfertige Art?»

«Wenn Sie es sagen, übernehme ich's; gemeint hab ich es sowieso.»

«Was stört Sie denn so daran? Ihr Bürger macht nichts anderes als wir, nur bei uns kann man offen darüber reden. Die Probleme sind hier wie dort dieselben.»

«Da haben Sie wahrscheinlich recht.» Bienzle lehnte sich zurück und begann sich wohl zu fühlen.

«Na also», sagte die Schauspielerin. «Irgendwo müssen wir noch etwas zu trinken haben . . .» Sie schob Vorhänge zur Seite und kramte in nachttischähnlichen Kästchen. Schließlich förderte sie hinter einem Chiffonkleid eine Flasche Sekt hervor. «Aber er ist warm.»

«Macht nichts.»

Sie brachte zwei Zahnputzgläser. Bienzle öffnete die Flasche und war so damit beschäftigt, daß er nicht wahrnehmen konnte, wie Ursula Ralnik fasziniert die ruhige Arbeit seiner Hände beobachtete.

Der Sekt schäumte über, aber es reichte schließlich doch für zwei Gläser für jeden.

«Sie sind der seltsamste Polizist der Welt», sagte Ursula Ralnik, nachdem sie sein zweites als ihr drittes Glas getrunken hatte.

«Ich bin ein wegen Renitenz strafversetzter Polizist.»

«Ach ja? Das müssen Sie mir erzählen!»

«O nein – des ischt a viel z'lange G'schicht!»

«Wenn Sie Dialekt sprechen, gefallen Sie mir noch besser», murmelte die Schauspielerin und lehnte sich zurück. Mit hohlem Kreuz. Ihr Busen, ohnehin kaum zu übersehen, wölbte sich.

«Warum läßt der sein Schiff in Flammen aufgehen?» Bienzle kehrte mühsam zum Thema zurück.

Die Ralnik, etwas erstaunt, wurde wieder sachlich. «Also, ich denke ja, daß er sich verkalkuliert hat. Der Dampfer hätte untergehen müssen.»

«Warum?»

«Frag mich nicht aus, Polizist.»

«Gut, ich versuch's.» Bienzle lächelte ihr zu.

Es klopfte.

«Wer kann das sein?» fragte er.

«Na, der Smetana; der holt noch die Kostüme . . . Tagsüber macht er den Fundusverwalter, abends den Garderobier. Der lebt doch ausschließlich für dieses Burgtheater der Reserve . . . Herein!»

Smetana kam in devoter Haltung durch die Tür. «Oh, der Herr Kommissar!» sagte er, und es klang so, als wolle er sagen: Hab ich dich ertappt?»

«Hallo, Herr Smetana . . . Anstrengender Tag heute, was?» sagte Bienzle.

«Kann man wohl sagen, in meinem Alter. Wissen Sie, ich sollte vielleicht doch lieber langsam Schluß machen, denk ich manchmal.»

«Gute Idee», sagte Bienzle. «Vorausgesetzt, man kann.»

«Oh, ich könnte schon; ich bin schon seit Jahren über die Altersgrenze.» Smetana nahm geschickt die Kostüme von den Stangen, legte sie zusammen und verstaute sie in einem großen korbgeflochtenen Koffer. «Irgendwas Neues?» fragte er den Kommissar.

«Ja. Sie haben noch kein einziges Mal ‹bittaschehn› gesagt . . . Sind Sie nervös?»

«Ich? Ach woher denn – ein alter Theaterhase wie ich . . . Bittaschehn!»

«Er kann's noch», sagte Bienzle zu Ursula Ralnik.

Die starrte angestrengt in den Spiegel.

Smetana zog den korbgeflochtenen Koffer zur Tür.

«Es gibt schon Dinge, die man im Alter nicht mehr tun sollte», sagte Bienzle nachdenklich.

Smetana stoppte die schlurfende Fahrt des Kostümkoffers. «Ja, bitte?»

«Man sollte nicht mehr mit dem Feuer spielen . . .» Bienzle hatte langsam gesprochen und jedes Wort betont.

Ursula Ralnik wendete den Kopf und sah Smetana an. Der war bleich geworden und hatte zu zittern begonnen. Sein Blick hastete von Bienzle zu der Schauspielerin und zurück.

«Was haben Sie da gesagt?»

«Gott, ja . . .» Der Kommissar lehnte sich zurück. «Die Mädchen!» sagte er und zwinkerte dem anderen zu.

Die Erleichterung ergriff von Smetanas kleinem Körper wie eine Flutwelle Besitz. Er kicherte, obwohl ihm die Luft dafür kaum ausreichte. «Aber Herr Kommissar . . . Wo denken Sie hin!»

«Sex wird im Alter erst richtig schön . . . Sie sollten mal den Hite-Report lesen.»

Völlig verwirrt schleifte Smetana den Koffer durch die Tür.

Ursula Ralnik ging ihm nach, fuhr ihm flüchtig übers Haar und schloß die Tür. Sie machte einen leicht unsicheren Eindruck. «War er dabei – da draußen am Hafen?» fragte sie.

«Gehen wir – und lassen wir den Bullen in der Garderobe zurück», sagte Bienzle.

«Und wohin sollen wir gehen?»
«Ich bring Sie nach Hause, und dann suche ich mein Hotel.»

«Kühl schmeckt der Sekt besser», sagte Bienzle. Er saß auf einer ausladenden Couch, die für das schräge Dachzimmer viel zu groß war. «Als Schauspieler bekommt man immer nur Jahresengagements. Ich komme viel rum und ziehe viel um, aber dieses Monstrum nehme ich immer mit!» hatte Ursula Ralnik gesagt. Jetzt saß sie neben ihm, sie hatte die Beine unter den Po gezogen und sah den Kommissar von der Seite an.

«Wenn mir das mal jemand gesagt hätte!»

«Was denn?»

«Daß ich eines Abends einen Polizisten mit auf meine Bude nehme . . .» Sie lachte ein wenig gehemmt.

«Na ja», sagte Bienzle lahm.

Dann redeten sie eine Weile gar nichts.

«Dann schwiegen sie eine Weile, jeder etwas anderes», sagte Bienzle versonnen. «Das ist von Grass und steht im ‹*Butt*›.»

«Sag mal, Bulle – haste Bildung?»

«Lassen Sie's gut sein. Ich gehör zu den Abgebrochenen.»

«Wozu?»

«Zu denen, die gedacht haben, Praxis ist so gut wie Theorie.»

«Stimmt ja auch. Ein Theaterwissenschaftler ist auch nur selten ein guter Schauspieler.»

«Jeder kann immer nur über seine Welt reden. Bei uns sind die besten Schauspieler Kriminaloberräte.» Bienzle trank einen langen Schluck.

«Stört's dich, wenn ich Musik auflege?»

Bienzle störte es nicht einmal, daß sie ihn duzte. Er schüttelte heftig mit seinem Quadratschädel und merkte, daß er zuviel Sekt getrunken hatte.

Sie ging zum Plattenspieler. Er sah ihr zu. Sie ging in Strümpfen auf Zehen durch einen langhaarigen Schafwollteppich. Ich müßte jetzt gehen, dachte Bienzle und war bereit, darüber den größten Krach mit sich anzufangen . . . Sie alle hatten auf den Polizeilehrgängen immer auf die Unterrichtsstunden gewartet, in denen man ihnen klargemacht hatte, wie Frauen Polizisten rumkriegen, um sie reinzulegen, auszuliefern.

«Magst du noch was trinken?» fragte sie vom Plattenspieler her.

«Nein, danke», sagte er gegen seinen Willen.

Das war offenbar zu hören gewesen, denn sie sagte: «Also doch!» und goß ihm ein. Dann sagte sie: «Laß uns etwas klarstellen . . . Wie heißt du überhaupt mit Vornamen?»

«Das sage ich nicht, da ist mir Bulle noch lieber.»

Baden Powell spielte *‹Tristeza›*.

«Gut. Bulle, laß mich eins klarstellen. Ich würde sehr gern haben, daß du noch ein wenig hierbleibst, um dich auszuhorchen oder übers Ohr zu hauen.»

Bienzle lächelte ein wenig abwesend. «Wenn es so wäre, wie es sein könnte und wie du glaubst, daß ich denke, daß es vielleicht ist . . .» Er brach ab, weil sie ihn küßte. Als er wieder Luft bekam, fuhr er fort: «. . . dann würde ich's womöglich merken und rechtzeitig Gegenmaßnahmen einleiten.»

Gegen Morgen sagte er: «Bei dir ist alles anders als bei anderen Frauen.»

Sie schmiegte sich an und gab einen Ton von sich, den man mit ‹warum?› übersetzen konnte.

«Du wirst zum Beispiel mit jedem Kleidungsstück, das du ausziehst, schöner.»

Sie gluckste.

«Ja, glaub mir, sonst ist es meistens umgekehrt.»

«Und weiter?» Sie kam langsam zu sich.

«Du bist so total anders als erwartet.»

«Hm?» Sie setzte sich auf und fuhr sich mit allen zehn Fingern durchs Haar.

«Ja.» Er wurde verlegen. «Ich suche nach der richtigen Beschreibung. Also, du . . . Nein, anders: Man . . . falsch. Ich habe von dir so etwas wie – jetzt aber nicht sauer sein – Routine erwartet.»

Sie gab einen undefinierbaren Laut von sich.

«Na ja, und dann war eben alles ganz anders.»

Sie ließ sich in ihr Kissen zurückfallen. «Oh, ihr blöden Hähne mit euren bestußten Erwartungshaltungen! Ich bin mit dir hier zusammen, weil ich gehofft hatte, es würde sehr schön werden. Und dann ist es auch sehr schön geworden. Mehr ist das nicht!»

Sie zog seinen Kopf zu sich herunter und bettete ihn zwischen ihre Brüste.

Bienzle sang leise, als er gegen neun Uhr morgens ins Hotel kam. Er klopfte bei Gächter.

«Wer ist da?» Die Stimme des Kollegen klang wach.

«Ich bin's», rief Bienzle aufgeräumt.

Kurz darauf streckte Gächter sein bartstoppeliges Gesicht durch einen Türspalt. Er sah Bienzle an, und da ging sein schmales Gesicht strahlend in die Breite.

«Ich frag dich nicht, wo du herkommst», sagte Gächter.

«Gut Nacht!» Bienzle steuerte auf sein Zimmer zu und sang weiter. Gächter drehte sich um, schloß die Tür, lehnte sich dagegen und lachte leise.

«Was ist denn?» fragte die Frau mit dem hohen Busen vom Bett her.

«Laß mich einen Satz von Bienzle zitieren, so gut ich das in Schwäbisch kann: ‹Es ischt immer guat, wenn mer amol wieder einen Menscha trifft!›»

«Das verstehe ich nicht.»

«Das macht nichts», sagte Gächter.

Der Kommissar nahm sich nur die Zeit zu duschen, sich zu rasieren und frische Wäsche anzuziehen, dann klopfte er schon wieder bei Gächter. «In zehn Minuten beim Frühstück«, rief er durch die Tür.

Keiner verlor ein Wort über die nächtlichen Erlebnisse des anderen.

Bienzle gab seinem Kollegen einen genauen Bericht der Ereignisse im Hafen.

«Seltsam», sagte Gächter, «wenn es Spieß darum gegangen ist, mit dem Boot Beweismittel zu vernichten, warum gerade jetzt? So sehr haben wir ihn doch nicht beunruhigt.»

«Darüber habe ich auch schon nachgedacht. Mir fiel immer nur wieder ein, daß möglicherweise Bärbel Zoller zu viel weiß, oder auch ihr Vater. Auf jeden Fall mußte Spieß wohl fürchten, daß ein Zeuge bei mir oder dir gesungen hat.»

«Hast du irgendwem gesagt, daß du die ‹Ursula› suchen wolltest?»

«Nur dem jungen Kollegen bei der Wasserschutzpolizei.»

«Könnte der . . .?»

«Sehr unwahrscheinlich. Außerdem: wenn die vermuten mußten, daß ich im Hafen sein würde, hätten sie doch nicht einen Brandanschlag unternommen, immer in der Gefahr, von mir beobachtet zu werden.»

«Mhm . . .»

«Zunächst einmal müssen wir wissen, was die Brandermittlungen ergeben.»

«Das wird dauern. Wahrscheinlich brauchen sie Spezialisten aus Stuttgart.»

Bienzle bestellte Kaffee nach. «Wir erfahren immer neue Dinge, aber nichts, was auf den Mord an Meister hindeutet. Manchmal denke ich, daß irgendwer diese kriminalisierte Umwelt kannte, selbst aber weder mit Spieß noch mit sonst einem hier zu tun hat, und daß dieser Jemand den Mord beging.»

«Das würde bedeuten, daß wir auf dem falschen Gleis laufen.»

«Richtig, und daß wir dabei immerhin auf andere Vergehen und Verbrechen stoßen.»

«Ganz schön kompliziert», sagte Gächter.

«Es muß nicht so sein, aber es könnte . . .» Bienzles gute Laune war verflogen. Er sah mißmutig auf die kaffeefleckige Tischdecke. Diesen Zustand haßte er ganz besonders: jede Ermittlung förderte die Verwirrung und führte scheinbar immer weiter von der Lösung weg.

«Wir sind also am berühmten toten Punkt», sagte Gächter.

«Mal sehen. Wir müssen noch mal mit Zoller und mit Smetana reden und mit Bärbel natürlich. Und wir müssen sehen, ob die Brandermittlungen etwas bringen.»

«Und Spieß?»

«Den wollen wir mal ganz in Frieden lassen, das wird ihn am meisten beunruhigen.»

«Das wird ihm aber auch Zeit lassen, noch mehr zu vertuschen.»

«Kann sein, aber ich denke, daß der nur über Zeugenaussagen zu packen ist. Indizien läßt ein solcher Mann ohnehin nicht rumliegen.»

«Vielleicht überschätzt du ihn.»

«Wie kommst du darauf?»

«Na ja, wenn er so ungeheuer clever wäre, würde er nicht seine früheren Freunde, Mitarbeiter oder Geliebten so gegen sich aufbringen. Die Ralnik war ja ganz schön sauer.»

«Die haben alle Angst, und das ist noch immer der beste Schutz.»

«Trotzdem, mich würde interessieren, warum du an Spieß nicht so recht ranwillst. Ist es, weil er Akademiker ist?»

Bienzle starrte seinen Kollegen an. «Schwätz doch koin Lohkäs!»

Jeder im Landeskriminalamt wußte, daß Bienzle eine ausgeprägte Abneigung gegen alle ‹Studierte› hatte.

«Ich mein ja nur.» Gächter grinste ungeniert.

«Kann sein, daß ich zögere. Ich hab wirklich einen unbändigen Zorn auf den Kerl, seitdem er mich in der Spielbank schräg angeredet hat. Und da macht man leicht etwas falsch.»

«Soll ich ihn übernehmen?» fragte Gächter.

«Nein, am Ende werd ich's doch selber tun, wenn es nicht der Puppenspieler macht.»

«Also, ich weiß nicht . . .»

Bienzle ließ Gächter nicht weiterreden. «Du sollst dich mal um Smetana kümmern. Er fürchtet sich vor dir, seitdem du ihn in der Kostümabteilung so seltsam angesprochen hast.»

«Mach ich.»

«Und ich rede noch mal mit Zoller.»

«Jetzt gleich?»

«Nein, jetzt mache ich erst einmal einen ausgedehnten Spaziergang.» Bienzle stand auf, setzte sich aber gleich noch mal hin. «Du könntest noch etwas tun: Frag doch mal nach den Schiffen ‹Almira› und ‹Santos›! Die ‹Almira› liegt in Bregenz, die andere in Romanshorn. Ich habe gestern die Kollegen dort gebeten, die Schiffe mal unter die Lupe zu nehmen.»

«Okay.» Gächter notierte sich etwas in ein Blöckchen.

«Und dann fordern wir vielleicht doch einmal den Haußmann an, falls er in Stuttgart abkömmlich ist.»

«Das machst aber du», sagte Gächter, «du bist der Chef.»

Bienzle nickte mißmutig.

«Also . . .»

«Moment!» Bienzle schüttelte ärgerlich mit dem Kopf. «Ich bin vielleicht ein Kriminaler . . . Wir müssen doch auch noch die beiden verhören, die mir nach Tübingen nachgefahren sind.»

«Sieht ganz so aus, als ob wir einen Plan machen müßten.» Gächter grinste schon wieder.

«Am Wochenende will ich diesen Scheißfall abgeschlossen haben, gehen wir also.» Bienzle warf seine Serviette auf den Tisch und ging, gefolgt von seinem langen Kollegen, hinaus.

«Name?»

«Horst Wohlfahrt.»

Bienzle beobachtete ihn genau. Er trug noch immer seine Ledermontur. Die hakenförmige Nase war offensichtlich einmal gebrochen und schlecht wieder eingerichtet worden.

«Alter?»

«Vierundzwanzig.»

Gächter stand in der Türfüllung gelehnt. Das Büro hatte etwas Gemütliches. Kommissar Häberle hatte die Büromöbel zum Teil durch eigene Stücke ersetzt. Bienzle saß in einem gemütlichen blaubezogenen Sessel; Horst Wohlfahrt in einem zweiten. Häberle thronte hinter seinem schwarzlackierten Schreibtisch auf einem Bürostuhl der Sonderklasse.

Gächter machte sein Wolfsgesicht und sagte gehässig: «Typen wie dich gibt's wie Sand am Meer – kleine Ganoven, die nur eines können: Befehle ausführen.»

«Wir duzen keinen Beschuldigten», sagte Bienzle ärgerlich.

Horst Wohlfahrt griff sofort zu: «Herr Kommissar, ich lasse nicht so mit mir reden.»

Gächter lachte verächtlich. «Jetzt wird er gleich etwas über seine miese Kindheit erzählen.»

«Stimmt ja auch!» sagte Wohlfahrt aufgebracht. «Waren Sie vielleicht als Kind nur in beschissenen Heimen?»

Gächter machte einen kurzen Schritt auf ihn zu und sagte: «Ja, genau das ... Und jetzt sag nicht, da bleibt dir nur noch die Wahl, Ganove oder Bulle zu werden.»

«Bevor ich Bulle werde, geh ich lieber stempeln!»

Bienzle lächelte. «Es ist ja auch gar nicht sicher, ob Sie die Aufnahmeprüfung bestehen würden.» Er zündete sich ein Zigarillo an und blies Rauchringe in die Luft; dann sagte er unvermittelt: «Dr. Spieß zahlt ja auch besser.»

«Wer ist das?» fragte Wohlfahrt.

«Es wäre vielleicht gut für dich», sagte Gächter, «wenn Spieß genausowenig wüßte, wer du bist.»

«Wie meint er das?» Wohlfahrt wandte sich hilfesuchend an den Kommissar.

«Ich verstehe auch nicht immer so genau, was mein Kollege meint.»

«Ich will einen Anwalt», sagte der Verhörte trotzig.

«Klar. Hast du einen?»

«Da muß ich erst einmal telefonieren.»

«Mhm», machte Bienzle unbestimmt.

«Ich weiß genau, daß ich das darf!»

«Klar», Bienzle schob Häberles Telefon über den Tisch.

«Allein», sagte Wohlfahrt.

«Auch das!» Bienzle gab sich gelassen.

Kommissar Häberle klingelte nach einem uniformierten Beamten.

«Der Herr hier möchte telefonieren», sagte Bienzle. «Und sorgen Sie dafür, daß er dabei nicht gestört wird.»

Wohlfahrt nickte Bienzle dankbar zu, stand auf und kam auf dem Weg zur Tür dicht an dem Kommissar vorbei.

«Herr Wohlfahrt ...» Bienzles Stimme war sehr leise und schneidend scharf.

«Ja?»

«Als Sie vorgestern abend geschossen haben, hätten Sie mich treffen können; Sie haben statt dessen einem sehr netten Mädchen mehr als einen Kratzer in den Kopf geschossen. Ob sie überlebt, weiß niemand ... Ihnen kann ich nur noch helfen, wenn Sie nicht den blödsinnigen Versuch machen, andere zu schützen, die es sich auf Ihre Kosten gutgehen lassen.»

Horst Wohlfahrt sah dem Kommissar in die Augen und wendete dann schnell den Blick ab, um zur Tür zu gehen.

«Noch eins!» rief Bienzle hinterher. «An Ihrer Stelle hätte ich vor der Polizei mehr Angst als vor Spieß.»

«Jetzt den anderen?» fragte Häberle, nachdem Wohlfahrt draußen war.

«Wo habt ihr ihn aufgetan?»

«Unter der Adresse, die im Ausweis steht. Er hatte noch nicht einmal bemerkt, daß er seine Papiere verloren hatte.»

«Verloren ist gut», feixte Gächter, «da war ein Taschendieb am Werk.»

«Halt's Maul», sagte Bienzle grob.

Der vierschrötige Kumpel Wohlfahrts hieß Anton Ziegler und war von Beruf Kraftfahrer.

«Nehmen Sie Platz», sagte Bienzle freundlich. «Wir kennen uns ja . . . Ein bißchen unfreundlich haben Sie sich in Tübingen ja von mir verabschiedet.»

Ziegler rutschte unbehaglich auf seinem Stuhl hin und her. Gächter, der wieder seinen Platz im Türrahmen eingenommen hatte und jetzt auf einem Bleistiftstummel herumkaute, sagte: «Wohlfahrt behauptet, Sie hätten die Befehle von Spieß entgegengenommen.»

«So 'n Quatsch.»

«Hat er gelogen?» fragte Gächter mit unschuldigem Gesicht.

«Klar – wenn es der Horst gesagt haben soll. Sitzt er denn auch?»

Bienzle nickte gewichtig. «Nicht nur der, mein Lieber. Im übrigen hat er Sie ja vorgestern abend in Tübingen ganz schön sitzenlassen . . . Haut einfach ab!»

Ziegler zuckte die Achseln. «Hab's ja auch allein geschafft.»

«Beihilfe zum Mord», sagte der Kommissar wie zu sich selbst; «zehn bis zwölf Jahre sind da immer drin.»

«Was reden Sie denn da?» Ziegler sprang auf.

«Hinsetzen!» Bienzles Stimme bekam einen scharfen Klang. «Das Mädchen liegt im Krankenhaus und niemand weiß, ob sie überlebt. Wenn sie stirbt, seid es ihr zwei gewesen: Wohlfahrt und Sie. Ich selbst bin Zeuge – und glauben Sie ja nicht, daß ich nicht alle notwendigen Beweise beieinander hätte.»

Anton Ziegler schwitzte. «Der Horst hat doch nur in die Gegend geschossen, er hätt auch mich treffen können.»

«Hat er aber nicht. Er hat Bärbel Zoller in den Kopf geschossen, das haben Sie deutlich gesehen. Allerdings . . .» Bienzle unterbrach sich und streifte umständlich Asche von seinem Zigarillo.

«Ja?» Ziegler rutschte auf die vordere Kante des Stuhls vor.

«Von meiner Aussage hängt viel ab. Es könnt auch so gewesen sein, wie Sie sagen, aber . . .» Wieder beschäftigte sich der Kommissar mit seinem Zigarillo. Es war sehr still in Kommissar Häberles Zimmer.

«Ich hab schon verstanden. Ich soll singen, dann . . . Sauber ist das aber auch nicht.»

«Hat ja auch niemand behauptet», murmelte Bienzle.

«Also gut», sagte Ziegler. «Wir schaffen offiziell beide bei Spieß im

Stall und so, aber wir sind . . . Also, wir übernehmen immer mal Sonderaufgaben.»

Bienzle nickte. Gächter hatte sich an ein schmales Tischchen gesetzt, er stenografierte mit.

Häberle sagte: «Was verstehen Sie denn unter Sonderaufgaben?»

«Na ja . . .» Ziegler druckste herum. «Besondere Pferdetransporte und so.»

«Kommen Sie auch manchmal auf den See hinaus?» fragte Bienzle freundlich.

«Nein, das machen Franz und Enrico . . .» Ziegler hielt inne, dann schüttelte er ärgerlich den Kopf.

Bienzle tat so, als ob er es nicht bemerkt hätte. «Sie haben also immer die Transporte in die Schweiz, nach Österreich und auch ins Elsaß durchgeführt?»

Ziegler nickte.

«Wollen wir mal zu Ihren Gunsten annehmen, daß Sie nicht wußten, was an diesen Transporten alles nicht stimmte . . . Ich weiß es inzwischen ziemlich genau.»

Ziegler sah zu dem Kommissar hinüber. Die Angst war ihm anzusehen.

«Und Spieß schickte Sie nun hinter mir her?»

«Ach wo, nein – der Spieß doch nicht!»

«Aber er ist doch Ihr Chef?»

«Ja, schon. Aber der Horst und ich, wir haben auch noch gelegentlich eine Extratour gemacht.»

«Für wen?»

«Das weiß ich nicht.»

Gächter ließ seinen Bleistift fallen und sagte: «Der Junge erzählt Märchen.»

«Nein, wenn ich's Ihnen doch sage – wir wußten es nicht so genau! Der Auftrag kam immer mit der Post.»

«Der verarscht uns», knurrte Gächter.

Aber Bienzle winkte ab. «Erzählen Sie mal ganz genau», sagte er zu Ziegler.

«Also, eines Tages sagte uns der Dr. Spieß, da wird sich ein Mann bei euch melden, am Telefon, und er hat nichts dagegen, wenn wir das machen, was der sagt.»

«Und? Wann hat er sich zum erstenmal gemeldet?»

«Weiß ich nicht mehr so genau. Im letzten Jahr, im Sommer. Er hat angerufen und gesagt, wir sollten auf dem Hauptpostamt einen postlagernden Brief abholen. Auf den Namen Androsch. Wir sind gleich hin. Und da war auch ein dicker Brief.»

«Der erste Auftrag?»

«Ja, und da waren auch noch fünfzehnhundert Mark drin. Noch mal soviel sollten wir kriegen, wenn wir alles erledigt hätten. Dann waren noch Autoschlüssel drin. Wir mußten im Hafen ein Auto holen und nach Bologna fahren, das war alles. Als wir zurückkamen, war auf dem Postamt ein Umschlag mit dem restlichen Geld.»

«Und Sie haben keine Ahnung, wer der Auftraggeber war?»

«Nein. Wir wollten's ja auch gar nicht wissen. Der Horst hat immer gesagt, was ich nicht weiß, macht mich nicht heiß, und da hat er ja auch recht.»

«Ging es denn immer um Autos?»

«Meistens.»

«Und die mußten immer nach Bologna gebracht werden?»

«Nein, nur das erste Mal. Es ging mal nach Genua und mal nach Udine, einmal haben wir sogar einen Laster bis in die Türkei gefahren und von dort einen Mercedes 280 S wieder mit raufgenommen.»

«Das ist aber ganz unüblich», meinte Häberle; «normalerweise werden die dicken Limousinen in den Orient geschmuggelt.»

«War der Laster beladen?» fragte Bienzle.

«Ja. Wir hatten auch Ladepapiere.»

«Und trotzdem haben Sie den Auftrag auf so geheimnisvolle Weise bekommen?» fragte Bienzle.

Ziegler konnte nur die Achseln zucken.

«Und der Auftrag, mich zu verfolgen, kam auch mit der Post?»

«Ja, genau. Es war ein ziemlich langer Brief.»

«Wo ist er?» Gächter hatte scharf dazwischengefragt.

«Wir mußten die Briefe immer gleich vernichten.»

«Wo haben Sie das getan?»

«In dem Fall habe ich ihn einfach in den Müll geschmissen, aber natürlich vorher zerrissen.»

«In welchen Müll?»

«Zu Hause halt.»

«Und? Ist der schon abgeholt?»

«Nein. Die Müllabfuhr kommt erst am Montag.»

Bienzle sah zu seinem Kollegen Häberle hinüber. «Das ist vielleicht eine Chance.»

«Ich schicke gleich ein paar Beamte.» Häberle ging hinaus.

«Was können Sie über die Stimme Ihres Auftraggebers sagen?» fragte Bienzle.

«Ich habe nur selten mit ihm gesprochen. Er redet hochdeutsch.»

Häberle kam wieder herein. «Sag mal», wandte sich Bienzle an seinen Seestädter Kollegen, «gibt es hier eine Mithörmuschel am Telefon?»

«Ja, an meinem Apparat.»

«Gut!» Bienzle winkte Ziegler heran und gab ihm die Muschel in die

Hand. Dann kramte er ein verknülltes Stückchen Papier aus der Tasche und las eine Nummer ab. Er wählte. «Ja, Zoller hier», tönte es am anderen Ende.

«Bienzle», sagte der Kommissar; «haben Sie was Neues gehört?»

«Wegen Bär . . .»

«Nein, nein», unterbrach ihn Bienzle hastig, «im Theater, meine ich.» Das hätte ihm gerade noch gefehlt – jetzt, wo er Ziegler glücklich im Schwitzkasten hatte –, daß Zoller womöglich erleichtert von fortschreitender Genesung berichtete!

«Im Theater?» fragte Zoller erstaunt. «Nicht daß ich wüßte . . .»

Bienzle sah Ziegler an; der schüttelte den Kopf. «So, na ja . . . War nur mal 'ne Frage. Danke schön.» Er legte auf.

«Das war eine ganz andere Stimme», sagte Ziegler.

Ein weiterer Versuch mit Smetana erbrachte auch nichts – der kleine Böhme war nicht im Theater.

Bienzle legte auf. «Na dann eben nicht», sagte er brummig.

Eine Zeitlang war es sehr still. Dann klopfte ein Uniformierter und streckte den Kopf durch die Tür: «Herr Wohlfahrt ist fertig mit Telefonieren.»

«Bringen Sie ihn in seine Zelle zurück», sagte Bienzle knapp und stand auf.

Gächter schob das beschriebene Papier in eine Klarsichthülle und streckte seine langen Beine von sich. «Was glauben Sie», sagte er freundlich zu Ziegler, «wer hat wohl den Herrn Meister umgebracht?»

Der vierschrötige Mann starrte dem Kriminalmeister völlig ratlos ins Gesicht.

«Abführen», ordnete Bienzle an.

«Saubere Arbeit!» Bienzle nickte einem jungen Beamten zu. «Der Brief ist komplett.»

Vor dem Kommissar lag ein mit Tesafilm vielfach zusammengeflicktes Stück Papier, eng mit Schreibmaschinentypen beschrieben. Bienzle las leise und langsam:

Der neue Auftrag ist nicht schwer, aber wichtig. In Seestadt ermittelt ein ortsfremder Polizist, Kriminalhauptkommissar Ernst Bienzle, etwa 40 Jahre alt, stattliche Erscheinung, kantiges, etwas zu fettes Gesicht, volle, dunkle Haare, nach hinten gekämmt. Er ist etwa 1,82 groß. Spricht mit schwäbischem Akzent. Er fährt einen Dienstwagen, beige, VW-Variant, Nummer S – 4567.
Der Mann ist zu beobachten.
Wir nehmen an, daß er Kontakt zu einer gewissen Bärbel Zoller

aufnehmen will. Das Mädchen macht zur Zeit eine Rauschgiftentziehungskur im sogenannten Klosterhof in Tübingen-Lustnau. Der Kontakt muß verhindert werden! 2000 Mark liegen bei. Das ist die halbe Gage. Die zweite Hälfte wie immer nach erfolgreichem Abschluß der Arbeit.

Bienzle kratzte sich hinter dem Ohr und sah zu Gächter hinüber. Er lächelte versonnen. «Na, das ist doch was!»

Kommissar Häberle sagte: «Ich weiß nicht – jetzt geht erst mal die Sucherei nach der Schreibmaschine los . . . Wenn ich's recht sehe, ist das eine handelsübliche Maschine. Was glaubst du, wie viele es davon in Seestadt gibt?»

Bienzle lächelte noch immer. «Wir brauchen doch nicht in ganz Seestadt zu suchen.»

«Nein?» Häberle sah ihn verständnislos an.

Gächter grinste. Er kannte seinen Bienzle. Wenn der etwas entdeckt hatte, gab er es nur portionsweise und mit vielen Belehrungen preis.

Bienzle sagte: «Der Brief gibt uns einen sehr deutlichen Hinweis auf seine Herkunft.»

«So?» In Häberles Gesicht änderte sich nichts.

Bienzle sah aus wie ein Schulmeister, der gleich einen Schüler aufrufen will, um die Antwort abzufragen. Gächter feixte, hob die rechte Hand, schnalzte mit dem Finger und rief:

«Ich weiß es – da gibt's *ein* Wort, das den Schreiber verrät.»

«Jetzt reicht's aber!» knurrte Häberle.

«Na, sieh doch mal . . .» Bienzle schob das zusammengestückelte Blatt über den Tisch: «Er schreibt, das sei ‹die halbe Gage› . . . Kein normaler Mensch schreibt ‹Gage›, es sei denn, er ist beim Theater.»

«Ah ja!» Häberle begriff langsam.

«Wen kennen wir denn da?» fragte Gächter und versuchte dabei, Bienzles Schulmeisterton zu kopieren. «Zoller, Zeck, Ralnik . . .» Er machte eine Pause. «Smetana . . .»

«Wir kennen noch mehr», sagte Bienzle. «Die Gewandtmeisterin, den Pförtner, den Intendanten . . . Aber wir kennen auch eine Menge Leute an diesem Theater *noch nicht.*»

«Und jetzt?» fragte Gächter.

«Wenn der Haußmann kommt, geht der auf die Suche nach der richtigen Schreibmaschine.» Bienzle reichte das Blatt seinem Kollegen Häberle: «Laß doch mal einen Sachverständigen ran.»

«So was haben wir hier nicht», sagte Häberle säuerlich.

«Dann schicken wir schnell einen Mann nach Zürich hinüber, dort gibt es eines der besten Kriminallabors in Europa. Laß Kopien machen und schick das Original.»

Häberle nahm das Papier und ging wortlos hinaus.

«Er läßt sich nicht gern was sagen», sagte Gächter.

Bienzle ging nicht darauf ein. «Du nimmst dir Smetana vor – hart, aber fair . . . Ist das klar?»

Gächter nickte.

«Ich selbst spreche mit Zoller.»

Der junge uniformierte Polizist, der das Papier zusammengestückelt hatte, sah dem hinausstapfenden Bienzle voller Verehrung nach.

«Das ist ein Mann!» sagte er wie zu sich selbst. «So was von Entscheidungsfreudigkeit.»

«Ich hab ihn auch schon zögern sehen.» Gächter lächelte den jungen Beamten im Vorbeigehen freundlich an.

Bienzle begegnete an der Theaterpforte dem Kriminalassistenten Haußmann.

«Bin soeben eingetroffen . . .» Trotz einer ziemlich langen Zusammenarbeit war es dem jungen Norddeutschen nicht abzugewöhnen gewesen, vor Bienzle zackig stramm zu stehen.

«Schön, daß wir wieder mal zusammenarbeiten», sagte Bienzle, und er meinte es ehrlich. «Hier ist die Kopie eines Schreibens. Wir suchen die Maschine dazu. Vermutlich finden Sie sie hier im Theater . . . Wo wohnen Sie?»

«Im Hotel Rotbart.»

«Na, dann sind wir ja beisammen.» Bienzle ging an der Pforte vorbei die steilen Stiegen hinauf.

In Zollers Probenraum brannte nur das Puppenbühnenlicht. Eine Kasperlepuppe unterhielt sich mit einem abgerissenen alten Mann.

«Du behauptest», sagte der Kasper, «du bist unverschuldet in das Elend geraten?»

Die Lumpenpuppe nickte mit einer gemessenen Bewegung.

«Und wer war der Schuft?»

«Oh, das wäre eine lange Geschichte, und es ist zu spät, mir zu helfen. Inzwischen kann man auch nichts mehr beweisen.»

Bienzle hockte sich auf eine Kiste direkt vor der kleinen Bühne und sagte ernsthaft: «Da wäre ich mal nicht so sicher. Spuren verwischen sich manchmal nicht so schnell.»

Die abgerissene Puppe drehte sich um. «Guten Abend», sagte sie.

«Ich kenne dich nicht.» Bienzle duzte die Puppe und war selbst ein wenig verwundert darüber.

«Ich heiße Androsch.»

«Oh», sagte Bienzle, «was für ein Zufall.»

«Es gibt keine Zufälle», schimpfte Kasperle.

«Mag sein», gab Bienzle zu.

«Warum nennen Sie meinen Namen einen Zufall?» wollte die Puppe wissen.

«Ich hab diesen Namen heute schon einmal gehört.»

Der Kasperle kam an die Rampe gehüpft. Seine Bewegungen verrieten so etwas wie Zorn oder Wut. «Schöner Kommissar, solange Sie so was für Zufall halten, gibt es niemals Zusammenhänge!»

«Da magst du recht haben.» Bienzle blinzelte ins Licht. «Vielleicht hilfst du mir ein wenig auf die Sprünge», sagte er zu der Puppe in den abgerissenen Kleidern. Er hätte lieber direkt mit Zoller gesprochen, aber er wagte jetzt nicht, das Spiel zu unterbrechen.

«Es ist sehr schwierig», sagte die Puppe; «ich müßte Ihnen viel erzählen, vor allem von meinen Schwächen, meinem Versagen und den Fähigkeiten anderer, dies auszunutzen ... Und Sie müßten mir glauben.»

«Ich bin bereit, dir zu glauben.»

«Nun», die Puppe redete immer bedächtiger, «Sie lernen mich in einem Zustand kennen, der heute überholt ist.»

«Wie bitte?»

«Im Theater geht so etwas», sagte die Puppe.

Bienzle beugte sich ein wenig vor. «Wenn ich mich nicht täusche, steht Ihre Art, sich auszudrücken, in einem gewissen Widerspruch zu Ihrem Äußeren ...» Jetzt redete er mit Zoller – er siezte die Puppe.

«Ganz recht.» Die Puppe nickte. «Ich habe mal, wie sagt man, bessere Zeiten gesehen; dann ging es mir elend – das war die Phase, in der Sie mich jetzt kennenlernen – und dann ging es mir wieder besser – äußerlich.»

«Interessant», sagte Bienzle.

«Interessant, interessant ...» äffte ihn der Kasper nach. «Mehr fällt Ihnen nicht ein?»

Bienzle lächelte. «Im Moment noch nicht.»

«Dann strengen Sie Ihren Quadratschädel an!» Der Kasper war fuchsteufelswild.

«Ein Kasperle habe ich mir auch immer anders vorgestellt», sagte Bienzle.

Pause.

«Sie müssen ihn entschuldigen ...» Das Licht ging an, und Zollers schweißüberströmtes Gesicht erschien über der Puppenbühne. «Er fällt manchmal einfach aus der Rolle.»

«Sie wissen ja gar nicht, wie gut ich das verstehen kann», sagte Bienzle.

Zoller setzte sich auf den Rand der kleinen Bühne und nahm die beiden Puppen auf den Schoß.

«Nun», sagte Bienzle bedächtig, «wer ist Androsch?»

«Der Vorgänger unseres Intendanten.»

«Aha.»

Zoller zog ein wenig an den Fäden, so daß der alte Mann und der Kasper interessiert die Köpfe hoben. «Er ist gescheitert und verkommen», sagte er, «wenigstens für eine gewisse Zeit.»

«Und danach?»

«Hat er sich wieder gefangen.»

«Irgendwelche krummen Geschichten?»

«Wie man's nimmt.»

Bienzle zog ein Taschentuch heraus und wischte den Schweiß von der Stirn. Es war stickig in dem engen, dunklen Raum. Er sah dem Puppenspieler in die Augen. Der wich dem Blick nicht aus.

«Was ist mit Androsch?»

«Nun . . .» Zoller zögerte. «Er . . . Ich denke, daß er sehr viel weiß.»

«Alle hier wissen mehr, als sie sagen», brummte Bienzle mißgelaunt.

«Das mag schon stimmen.»

Bienzle stand auf und ging in dem schmalen Gang des Probenraums hin und her. Er hatte das Gefühl, nahe an einer Lösung zu sein. Einer Eingebung folgend beugte er sich zu der Puppe in den abgerissenen Kleidern hinab, die noch immer auf Zollers Knie saß und aussah, als ob sie aufmerksam zuhöre.

«Ist es Dr. Spieß, der Ihnen so mitgespielt hat?» fragte der Kommissar.

Der Kopf der Puppe wackelte. Zoller sagte mit veränderter Stimme: «Der Dr. Spieß hängt überall mit drin, aber er ist . . .»

«Nur ein Spießgeselle, hihihi . . .» Das war der Kasper.

«Aha», sagte Bienzle. «Es gibt also einen Mann, der mit Spieß zusammenarbeitet und der diesem Androsch schwer geschadet hat.»

«So könnte man sagen.» Zoller packte die beiden Puppen in einen geflochtenen Korb.

«Kennen Sie ihn?» fragte der Kommissar.

«Möglich.»

«Was heißt möglich? Entweder kennen Sie ihn, oder Sie kennen ihn nicht.»

«Ich weiß es nicht. Es klingt zwar komisch, wenn man von dem Mann im Hintergrund redet, aber . . . Ich weiß wirklich nichts, was ich exakt beweisen könnte.

«Dann will ich's mal anders versuchen.» Bienzle setzte sich auf einen Hocker. «Ist dieser mysteriöse Mann am Theater beschäftigt?»

«Wenn ich mit meinen Vermutungen richtig liege, ja.»

Die Tür zu Zollers Probenraum öffnete sich mit einem häßlichen, knarrenden Geräusch.

«Wer ist da?» rief Zoller mit gepreßter Stimme.

Einen Augenblick lang herrschte völlige Stille. Dann hörten Bienzle und Zoller davonhastende Schritte. Zwar rannte der Kommissar in den nachtschwarzen Korridor hinaus und auf den Treppenabsatz zu, aber er bekam niemand zu Gesicht. Schwer atmend blieb er am Treppengeländer stehen und sah sich ratlos um, dann zuckte er die Achseln und wollte gerade zurückgehen, als eine halbe Treppe tiefer eine Verbindungstür aufgestoßen wurde.

«Hallo, Kommissar», rief der Intendant in seinem jovialen Ton.

«Ach, Sie sind's», sagte Bienzle unfreundlich. «Wo kommen Sie denn her?»

Spohnholz runzelte die Stirn. «Wo soll ich herkommen – aus meinem Büro.»

Bienzle stieg ein paar Stufen hinunter. «Haben Sie jemand rennen sehen?»

«Mir ist niemand begegnet . . . Warum?»

Der Kommissar ging vollends zu dem anderen hinunter. Er sah ihn eine Weile schweigend an.

«Na, was ist denn mit Ihnen?» Der Intendant klang forsch.

Bienzle studierte noch immer das Gesicht seines Gegenübers. Schließlich wendete er den Blick ab, starrte eine Zeitlang auf seine Schuhspitzen und sagte mehr zu sich selbst: «Ich komm manchmal auf die dackelhafteschte Idea.»

«Wie bitte?»

«Ach . . .» Der Kommissar machte eine unbestimmte Geste. «Der ganze Betrieb hier irritiert mich – diese Vermischung von Wirklichkeit und Spiel. Wissen Sie, die meisten Leute, mit denen ich zu tun hab, versuchen sich zu verstellen, probieren's sozusagen mit Schauspielen, wollen mir was vormachen . . . Aber das sind Amateure. Hier hab ich's mit Profis zu tun; das ist das Problem.»

«Schauspieler verstellen sich im Privatleben nicht mehr oder weniger als andere Leute», sagte Spohnholz indigniert.

«Aber wenn Sie's mal tun, sind sie besser!» Bienzle ließ den Intendanten stehen und stapfte die paar Stufen wieder hinauf. Auf halbem Weg blieb er stehen, sah aber nicht zu dem Theaterchef hinunter. Beiläufig sagte er: «Kennen Sie einen gewissen Androsch?»

«Stephan Androsch? Aber sicher! Alter Kollege . . . Pensioniert inzwischen.»

«Ach ja?»

«Warum fragen Sie?»

«Och, nur so.» Bienzle gab sich nicht besonders interessiert.

Der Intendant kam ihm nun nach. «Seltsam», sagte er, «daß Sie nach Androsch fragen.»

«Was soll daran seltsam sein?»

«Nun ja . . . Eigentlich . . .» Er ließ den Satz in der Luft hängen.

Der Kommissar fixierte den Intendanten jetzt scharf. «Gibt es irgendwelche Beziehungen zwischen Herrn Smetana und Herrn Androsch?»

«Beziehungen?»

«Na ja, ich frage Sie, ob sich die beiden vielleicht besonders nahestanden?»

«Sie kennen sich lange, wenn Sie das meinen.»

«Ich meine nichts, ich frage nur.» Bienzle steckte sich ein Zigarillo zwischen die Lippen.

«Rauchen ist hier leider nicht gestattet», sagte der Intendant.

«'tschuldigung.»

«Wir können ja in mein Büro gehen, dort können Sie gern rauchen.»

«Ich komme gleich nach», sagte Bienzle. «Ich muß mich noch von Herrn Zoller verabschieden.»

Als er zu dem Puppenspieler zurückkehrte, spielte der mit einer Puppe, die das Gesicht des Intendanten hatte.

«Gut getroffen», sagte Bienzle.

«Ach, ich weiß nicht . . . Dieser Mann hat so viele Gesichter – den kann man eigentlich gar nicht treffen.»

Das Arbeitszimmer des Intendanten war eingerichtet wie das Büro eines Industriemanagers. Stahlrohrmöbel, weiße Schleiflackschrankflächen; ein sachlich-rechtwinkliger Glastisch bildete mit vier schwarzen Ledersesseln eine Sitzgruppe. Nur eine geschnitzte Madonna, die auf einem Karteischrank stand, milderte das Bild kalter Sachlichkeit ein wenig.

Bienzle saß in einem der bequemen Ledersessel und paffte vor sich hin.

Der Intendant lächelte. «Jeder, der hier hereinkommt, wundert sich über das Mobiliar, aber mein Job ist auch nicht viel anders als der jedes Direktors in einem Wirtschaftsunternehmen, zumindest was die Verwaltung anbelangt.»

«Trotzdem», sagte Bienzle, «wenigstens ein paar Plakate oder ein paar Szenenfotos hätte ich erwartet.»

«Als ich hier anfing, sahen die Wände aus wie Litfaßsäulen. Überall hingen Fotos und Poster; die Textbücher türmten sich sogar auf dem Boden . . . Es ist mir völlig schleierhaft, wie mein Vorgänger noch durchgeblickt hat.»

«Hat er denn?»
«Bitte?»
«Ich meine, hat er durchgeblickt?»
«Na ja . . . Ersparen Sie mir eine Antwort.»
«Ihr Vorgänger war Stephan Androsch, nicht wahr?»
«Ganz richtig.»
«Täusche ich mich oder hatte damals das Seestädter Theater künstlerisch noch . . . Na, sagen wir mal, eine überregionale Bedeutung?»
Der Intendant sah den Kommissar nachsichtig an. «Sie haben vielleicht in den Zeitungsarchiven gekramt. Tatsächlich war die Presse meinem Vorgänger sehr viel gewogener als mir. Aber schauen Sie sich mal die Zahlen an. Ich habe eine Platzausnutzung von über 90 Prozent – das gibt es am deutschsprachigen Theater sonst kaum noch. Der Zuschuß der Stadt mußte seit meinem Hiersein noch kein einziges Mal erhöht werden. Wir arbeiten sehr erfolgreich.»
Bienzle sah überrascht in das Gesicht des Theaterchefs. Es hatte sich einmal mehr verändert und Züge angenommen, die der Kommissar zuvor nicht bei ihm gesehen hatte. Die Augenbrauen bildeten zwei flache Winkel, die Lippen waren sehr schmal geworden, die Mundwinkel nach unten gezogen. Die Augen hatten sich verengt. Die Haut spannte sich über den ausgeprägten Backenknochen.
«Ich verstehe zu wenig von Ihrem Metier», sagte Bienzle.
Der Intendant goß Cognac in zwei riesige Schwenker ein und hob sein Glas genüßlich unter die Nase. «Sie fragten nach Smetana und Androsch . . .»
Bienzle nickte und nippte an seinem Glas.
«Nun, beide stammen wohl aus Prag, haben sich aber meines Wissens erst hier kennengelernt.»
«War nur so eine Idee», brummelte der Kommissar uninteressiert.
«Aber ich würde doch gern wissen, wie Sie darauf gekommen sind, ausgerechnet nach diesen beiden Männern zu fragen.»
«Ach, wissen Sie . . . Bei einer derartigen Ermittlung kriegt man immer mal wieder das Ende eines Fadens in die Finger und hofft, daß es der rote Faden ist.»
«Ich verstehe.» Das Gesicht des Intendanten entspannte sich ein wenig.
«Wirklich?»
«Bitte?»
«Meinen Sie wirklich, daß Sie es verstehen?»
Der Intendant erhob sich und machte ein paar schnelle Schritte durch sein Büro. Schließlich fragte er: «Wann stellen Sie eigentlich Ihre erste gezielte, präzise Frage?»
Bienzle lächelte. «Sobald ich soweit bin . . .»

Es klopfte, und im gleichen Moment ging die Tür zu einem Nebenraum auf. «Also, ich weiß nicht, ob ich mir das gefallen lassen soll!» Eine kleine, pummelige Frau mit wild gekräuseltem blondem Haar und einem frischen, rosigen Gesicht kam hereingewirbelt.

«Was ist denn, Schätzchen?» fragte der Intendant.

«Da ist ein junger Mann, ein Polizist . . .»

Haußmann erschien hinter der jungen Frau im Türrahmen.

«Meine Sekretärin, Fräulein Schatz, genannt Schätzchen», stellte Spohnholz vor.

«Aha», sagte Bienzle. Er machte keine Anstalten, sich zu erheben und die Frau zu begrüßen.

«Er will an meine Maschine», sagte sie aufgebracht. Es klang, als wollte sie sagen, er will mir an die Wäsche.

«Bitte?» Der Intendant sah Haußmann überrascht an.

«Wir brauchen Schriftproben», sagte Bienzle.

«Aber wozu denn?»

«Präzise Antworten bekommen Sie leider erst, wenn ich auch soweit bin, präzise Fragen zu stellen», sagte Bienzle mit einem Schuß Sarkasmus in der Stimme.

«Also, so geht es nicht!» sagte der Intendant nun sehr bestimmt. «Sie können nicht einfach hier hereinkommen und . . .»

«Doch – ich kann!» unterbrach Bienzle schroff. «Aber andererseits kann ich mir nicht so recht vorstellen, daß Sie etwas zu verbergen haben, Herr Spohnholz.»

«Schon diese Formulierung ist eine Zumutung!»

«Eben. Und was sollten Sie dann dagegen haben, wenn wir eine Schriftprobe von der Schreibmaschine Ihrer Sekretärin nehmen? Wir machen das übrigens bei allen Maschinen hier im Haus.»

«Ohne mich zu fragen?»

«Und wir müssen wahrscheinlich auch noch alle Schreibmaschinen prüfen, die Mitglieder Ihres Theaters zu Hause stehen haben . . .»

Haußmann war wieder im Vorzimmer verschwunden. Man hörte das Ratzen vom Einspannen eines Papierbogens und gleich darauf das unrhythmische Hacken von Schreibmaschinentypen.

«Also, das ist dann doch die Höhe!» empörte sich Fräulein Schatz.

Bienzle zog es vor, gar nichts mehr zu sagen.

«Ich will Ihnen ja die Arbeit nicht unnötig erschweren . . .» begann der Intendant.

«Na also!» sagte Bienzle schnell und erhob sich aus dem schwarzen Ledersessel.

Mit einer theatralischen Geste hob der Intendant die Hände zum Himmel. «Als ob man nicht schon auch so genug um die Ohren hätte . . .»

Bienzle kippte den restlichen Cognac, sagte nicht ohne eine Spur von Schadenfreude: «Ja gell, so isch's no au wieder!», und ging grußlos hinaus.

Zur gleichen Zeit saß der lange Gächter zwischen Landsknechtsuniformen und Reifröcken im Fundus des Seestädter Theaters und sah Smetana zu, wie er Plastikhüllen über Kostüme stülpte.

«Sie selber haben wohl nie auf der Bühne gestanden?»

«Aber ja doch – was glauben Sie! Aus mir wäre ein zweiter Erich Ponto geworden, bittaschehn . . . Ich meine, von der Statur her und vom Rollenverständnis.»

«Ah ja?» sagte Gächter gedehnt. «Wie alt sind Sie?»

«Über sechzig», sagte Smetana unbestimmt.

«Und hier werden Sie nicht mehr eingesetzt – schauspielerisch, meine ich?»

«Selten, und dann nur als besserer Statist. Manchmal spiel ich eben noch so eine Wurzen, bittaschehn . . .» Das ausgemergelte Gesicht bekam einen ärgerlichen Ausdruck.

«Was haben Sie mit Dr. Spieß zu tun?»

Die Frage überrumpelte den alten Fundusverwalter. «Bi . . . bitte?» stotterte er.

«Sie haben meine Frage genau verstanden.» Gächter sah den kleinen Mann böse an.

«Muß . . . Muß ich denn darauf antworten?» fragte Smetana dümmlich.

Gächter schob seinen schmalen Fuchskopf vor: «Ich würde Ihnen dringend dazu raten.»

«Ich habe gar nichts . . .» Weiter kam er nicht.

«Stopp!» sagte Gächter. «Reden Sie sich nicht ins Unglück. Wir wissen mehr, als Sie glauben.»

«Was meinen Sie denn damit?» Smetana wurde immer unsicherer.

«Ich meine zum Beispiel, daß Sie verdammt nahe dran waren, als die ‹Ursula› im Hafen in Flammen aufging.»

«Das wissen Sie?»

«Nicht nur das.» Gächter hatte sein Gesicht dem des kleinen Smetana bis auf wenige Zentimeter genähert. «Denken Sie etwa, daß Spieß Sie schützen wird?»

Smetana atmete hörbar auf. «Das wird nicht nötig sein, bittaschehn», sagte er.

Er lächelte sogar ein wenig.

«Da habe ich einen Fehler gemacht», sagte Gächter kurze Zeit später zu Bienzle.

Sie saßen in einer kleinen Weinstube in der Hafengegend, Bienzle vor einer Portion warmem Leberkäs und Gächter vor einem Glas Apfelsaft.

«Es war ganz eindeutig, daß es nicht Spieß ist, vor dem Smetana Angst hat oder auf dessen Hilfe er hofft. Das muß dieser mysteriöse Briefschreiber sein.»

«Oder noch ein ganz anderer», murmelte Bienzle nachdenklich.

Haußmann kam durch die Tür und sah sich suchend um. Gächter winkte und sagte zu Bienzle:

«Sieht ganz so aus, als ob unser Wunderknabe was gefunden hätte.»

Mit schnellen Schritten kam der junge Mann an den Tisch. «Ich habe etwas gefunden», sagte er eifrig.

«No nix narret's, wenn's pressiert!» sagte Bienzle. «Hocket Se sich doch z'erscht amal hin!»

Voller Ungeduld setzte sich der Kriminalassistent.

«Ond jetzt b'schtellet Se was, ond no schwätzet mer!»

Haußmann bestellte einen Kaffee.

«Also?» fragte Bienzle.

«Es besteht kein Zweifel – die Schrift auf dem zusammengeklebten Brief ist absolut identisch mit einer Schriftprobe, die ich im Intendanzsekretariat gemacht habe.»

«Aha – absolut identisch, sagen Sie . . . Sind Sie neuerdings Kriminaltechniker und Schriftprobensachverständiger?»

Aber Haußmann ließ sich nicht aus dem Konzept bringen. «Schauen Sie, Herr Bienzle, die Unterlänge vom kleinen g und die Oberlänge vom großen L, beide Typen sind ein wenig – wie soll ich sagen – gequetscht . . . Dann immer bei der Buchstabenfolge e und r hängen die beiden Typen zu eng aufeinander . . .»

Bienzle verglich die Fotokopie der zusammengestückelten Anweisung sorgfältig mit dem Schriftbild, das Haußmann von der Maschine des Fräulein Schatz genommen hatte. Der Kriminalassistent hatte sich sogar die Mühe gemacht, den Originaltext zu tippen, und zwar exakt in dem Zeilenfall, wie bei dem in der Mülltonne zusammengeklaubten Schreiben.

«Sie haben recht», sagte Bienzle nach einiger Zeit; «das ist die Maschine.»

«Und jetzt?» fragte Gächter.

«. . . müsset mer bloß no rausbringa, wer's geschrieba hat, du Schlaule», sagte Bienzle.

«Ich habe gefragt . . .» Haußmann ließ vor lauter Eifer seinen Kaffee kalt werden. «Fräulein Schatz schließt ihr Zimmer praktisch nie ab; im

Grunde kann jeder, der ins Theater hineinkommt, auch an die Maschine ran.»

«Oh, du liabs Hergöttle von Biberach!» stöhnte Bienzle.

«Na ja, immerhin besser als gar nichts», meinte Gächter; «jetzt wissen wir wenigstens, daß der Auftraggeber dieser beiden Ganoven im Theater sitzt.»

«Oder Zugang zum Theater hat, ja . . . Wer eine falsche Spur legen will, würde zur Not auch darauf kommen.»

Gächter sah den Kommissar an. «Da könntest du recht haben. Auch die Tatsache, daß der Unbekannte den Namen des früheren Intendanten benutzt, könnte dazu passen.»

«Eben – es ist beides möglich. Das Nächstliegende ist natürlich, daß der Typ, den wir suchen, im Theater sitzt – aber aus Erfahrung weiß man schließlich, daß das Nächstliegende am Ende oft nicht der Wahrheit entspricht.» Bienzle bestellte sich einen Trollinger. Dann sagte er: «Jetzt trink i in Ruhe mei Viertele aus, dann such ich mal den Androsch . . . Sie, Herr Haußmann, kümmern sich um die Ergebnisse der Brandermittlung auf dem Schiff im Hafen – Herr Gächter hat Ihnen doch inzwischen über alles Bescheid . . . Gut. – Du, Gächter, fragst mal die Leute im Theater aus, wer wohl vor drei Tagen im Sekretariat gewesen sein könnte.»

«Vor drei Tagen?»

«Ja. Wann soll der Brief sonst geschrieben worden sein?»

Stephan Androsch war nicht schwer zu finden. Er bewohnte ein ausgebautes Gartenhaus direkt am Ufer des Sees. Bienzle ging durch das offenstehende Gartentürchen und über einen dicht eingewachsenen Plattenweg auf den fachwerkartigen Giebel zu. Eine verwitterte Bank mit geschwungenen schmiedeeisernen Armlehnen und Beinen stand an der Hauswand, davor ein runder Eisentisch und, mit dem Rücken zum Garteneingang, ein ausladender geflochtener Stuhl, halb verdeckt von einem mächtigen Hortensienbusch, der in kränklich-bläulichen Farben über und über blühte.

Ein Mann lag neben dem geflochtenen Stuhl unter dem blühenden Strauch. Er hatte ein Loch in der Stirn, und ein breiter Streifen geronnenen Bluts zog sich über das linke aufgerissene Auge und die eingefallene Wange bis zur Gartenerde hinab. Die linke Hand des Toten krampfte sich um ein halb ausgerissenes Grasbüschel.

Auf dem Gartenzaun hinter dem Hortensienbusch saß ein Rotkehlchen und sang.

Bienzle stand lange da und starrte auf den Toten hinab. Er räusperte sich, aber der Kloß im Hals blieb. Schließlich wendete er sich ab und ging auf das Häuschen zu.

Die grüne Holztür mit den schweren Eisenbeschlägen war nur angelehnt. Im Innern des Hauses umfing ihn gedämpftes Licht. Es roch nach Kaffee. Bienzle ging dem Geruch nach und fand so den Weg in eine schmale Küche. Eine Glastür verband den kleinen Raum mit einer Veranda, die jetzt im Schatten lag. Es war kühl hier. Er stellte die Kaffeemaschine ab.

Der angrenzende Raum diente offensichtlich als Arbeitszimmer. Auf einem ausladenden Bauerntisch stapelten sich Papiere, Bücher, Fotos und Notizen. Die Wände waren mit Szenenbildern und Plakaten tapeziert. Auf einem schmalen Schränkchen stand das Modell eines Bühnenbilds. Auf dem Schreibtisch entdeckte Bienzle eine Fotografie von Ursula Ralnik, eingemauert von Bücherbergen. Er nahm das Bild in die Hand und sah eine Weile in das lächelnde Gesicht. «Hallo», sagte er leise. Er drehte das Bild um. *Für Stephan, den ich wegen seiner Arbeit liebe,* stand da in kräftigen Schriftzügen.

Das Telefon fand Bienzle schließlich unter einem Stapel von Zeitungen und Zeitungsausschnitten. Er rief Häberle an.

Dann ging er langsam wieder in den Garten. Das Rotkehlchen sang immer noch.

Als Häberle mit seinen Beamten kam, ging Bienzle durch das Gartentor hinaus. Er stapfte leicht vornübergebeugt einen schmalen Fußweg entlang, der an den Gartenzäunen schmaler Grundstücke vorbeiführte. In jedem der Gärten standen kleine Häuser, denen anzusehen war, daß sie einmal als Wochenendhütten klein angefangen hatten und dann nach und nach von ihren Besitzern ausgebaut worden waren. Da gab es bizarre kleine Burgen und Backsteingebäude, Häuser mit Fachwerkfassaden und solche, die wie umgestülpte Holzkisten aussahen. Viele waren von wildem Wein, Efeu oder Klematis eingewachsen. Zwischen den Häusern, Bäumen und Sträuchern blinkte manchmal das Sonnenlicht vom See her . . . Bienzle kehrte um und ging langsam in die Richtung von Androschs Haus zurück.

Auf dem Grundstück davor lehnte ein Mann über den Zaun. Er schien auf den einsamen Spaziergänger zu warten. «Wissen Sie, was passiert ist?» fragte der Mann.

«Warum soll etwas passiert sein?»

Bienzle blieb stehen und sah in das Gesicht des Mannes. Er schätzte ihn um die Sechzig; ein Freilufttyp. Gebräunte, vielfach gefältelte Haut; vorspringendes Kinn, hellbraune, listig blinzelnde Augen. Das Haar stand als wirrer weißer Kranz um die braune Glatze.

«Das ist doch ein richtiger Polizeiaufmarsch.»

Bienzle ging nicht darauf ein. «Kennen Sie Androsch?»

«Sicher. Feiner Kerl.»

Bienzle durchforschte das Gesicht des Mannes hinter dem Zaun. Er entschloß sich, die Wahrheit zu sagen. «Stephan Androsch lebt nicht mehr. Er ist ermordet worden. Ich bin Kriminalhauptkommissar.»

Die Lachfalten und der listige Blick verschwanden aus dem Gesicht des Mannes. Leise sagte er: «Ein guter und treuer Freund.»

«Ich bin gekommen, um mit ihm zu sprechen . . . Vielleicht sollten wir beide jetzt ein wenig miteinander reden – jetzt, wo Ihr Freund nicht mehr kann.»

«Müssen Sie nicht drüben . . .?»

«Alles Routine; das machen die anderen auch ohne mich.»

Wortlos öffnete der Mann das schmale Gartentor. Als sie nebeneinander hergingen, sagte er:

«Kröner mein Name.»

«Bienzle, Kriminalhauptkommissar.»

Das Häuschen Kröners war sehr viel schmuckloser als das von Stephan Androsch. Kröner holte eine Steingutflasche aus einem Schränkchen. «Obstler vom Bauern», sagte er und goß zwei Steinguttöpfchen voll. Bienzle trank. Der Kloß im Hals wurde ein wenig kleiner.

«Noch einen?»

Bienzle nickte und ließ sich müde auf eine roh gezimmerte Bank sinken, die an der Wand der Küche entlanglief.

«Geht's Ihnen wirklich so an die Nieren?» fragte Kröner.

Bienzle nickte wieder und trank seinen zweiten Schnaps. Dann sagte er: «Sehr verwundert scheinen Sie nicht zu sein über den Mord an Ihrem Nachbarn.»

Kröter wiegte den Kopf hin und her, als ob er noch unschlüssig wäre. «Er selbst hat immer wieder davon gesprochen.»

«Von seinem Tod?»

«Ja. Davon, daß er umgebracht werden könnte.»

Bienzle sah Kröner ins Gesicht. «Von wem?»

«Er sagte immer nur: ‹Von dieser Mafia.›»

«Mehr nicht?»

«Na ja, ich hab nicht so darauf geachtet.»

Bienzle schob das Steinguttöpfchen noch einmal über den Tisch. «Haben Sie oft beisammengesessen?»

Kröner nickte. «Er war immer für mich da . . .» Er schenkte nach. «‹Vereinsamung›, sagte er immer, ‹darf man in unserem Alter gar nicht erst aufkommen lassen . . .› Drüben auf der anderen Seite von Androschs Häuschen wohnte eine achtzigjährige Frau. Letztes Jahr hat sie sorgfältig alle wichtigen Papiere zusammengetragen, alle Rechnungen bezahlt, noch mal ihrem Sohn nach England geschrieben – der war drei Jahre lang nicht mehr dagewesen . . . Also, sie hat die wichtigen Papiere auf die eine Seite des Ehebetts gelegt, auch Sparbücher mit über 140000

Mark drauf. Dann hat sie sich auf die andere Seite des Betts gesetzt mit dem Blick in ihren Toilettenspiegel. Und dann hat sie sich mit der Pistole ihres verstorbenen Mannes rechts in die Schläfe geschossen. Genau hier rein . . .» Kröner drückte die Spitze seines Zeigefingers direkt hinter dem rechten Auge gegen die Stirn. «Bumm!» sagte er. «Geschrieben hat sie, daß sie es nicht mehr aushält und daß sie nur hofft, daß der Selbsttod – das heißt, sie hat geschrieben, ‹daß meine Entleibung› – funktioniert.»

Bienzle hatte geduldig und aufmerksam zugehört, und auch jetzt sagte er noch nichts.

«Wie es ohne ihn mit mir weitergeht, weiß ich jetzt auch nicht.» Kröner goß noch mal Obstler nach. Dann hieb er mit der Faust auf den Tisch: «Wir müssen den kriegen, der das getan hat! Wenn ich nur was dabei helfen könnte . . .»

«Vielleicht können Sie's ja», sagte Bienzle.

«Ja?»

«Ich muß mehr wissen über die Leute, die Androsch gehaßt hat und denen er jetzt offensichtlich zu gefährlich geworden ist.»

«Er hat halt immer nur so allgemein geschimpft.»

Fast beschwörend sagte Bienzle: «Sie müssen mir alles erzählen – auch alle Nebensächlichkeiten!»

«Gern. Bloß, wie soll ich anfangen . . .» Kröner kratzte sich den glatten braunen Schädel. «Wenn man mal fünfundsiebzig ist, kommt man leicht ins Schwafeln.»

«Fünfundsiebzig?» Bienzle mußte lächeln. «Ich hab Sie auf sechzig geschätzt . . .» Er fühlte sich wohl in der Küche des alten Mannes. «Versuchen wir's halt; ich helf Ihnen dabei.»

«Vielleicht weiß ja der Puppenspieler mehr.»

«Zoller?»

«Ja, ja, so heißt er.»

«War der mit Androsch eng?»

«Er ist auf jeden Fall oft herausgekommen. Gelegentlich hat er seine Puppen mitgebracht. Ich bin dann manchmal hinübergegangen, um den beiden zuzusehen, wie sie sich ganze Stücke ausgedacht haben.»

Bienzle hatte eine Idee. Jetzt hielt es ihn nicht mehr auf der harten, blankgescheuerten Bank. Er stand auf und ging in der kleinen Küche hin und her. «Ist Zoller in der letzten Zeit besonders oft hiergewesen?»

«Ja. Sie haben an was gearbeitet, glaub ich.»

«Aha. Und . . .?»

Kröner sah den Kommissar unglücklich an. «Mehr weiß ich nicht. Sie haben gesagt, es ist noch geheim, noch nicht reif für mich, oder so . . . Sie waren diesmal nicht so albern wie sonst manchmal. Ziemlich ernst waren sie ... Aber der Androsch war danach immer auch besonders aufgekratzt. Dann ist er rübergekommen und hat schon am Tor gerufen: ‹Kröner, alter Schnapsbrenner, einen heißen Tropfen auf den Tod der Mafia!› So komische Sätze hat er eben manchmal gemacht.»

Bienzle setzte sich wieder auf die Bank. «Ich glaube, Sie haben mir schon jetzt ein ordentliches Stück weitergeholfen.»

«So?» Der Alte sah den Kommissar ungläubig an.

«Daß Zoller mehr weiß, als er sagt, war mir schon lange klar ...» Bienzle sprach jetzt mehr zu sich selbst. «Offensichtlich hängt er selbst so ungeschickt in den Fäden, daß er sich nicht befreien kann ... Das heißt, daß er nicht offen mit mir sprechen kann ...» Er lehnte sich zurück und faltete die Hände über dem Bauch. «Haben Sie irgendwas zum Essen im Haus? Denken macht hungrig.»

«Ein Griebenschmalzbrot können Sie haben.»

«Das wär genau das Richtige!»

Kröner ging zum Kühlschrank und holte ein Töpfchen heraus; aus einer alten blechernen Brotlade nahm er einen Bauernbrotlaib, den er jetzt gegen den Bauch drückte, um mit einem großen Messer in elegantem Schwung eine dicke Scheibe abzuschneiden.

Bienzle dachte laut vor sich hin: «Androsch und Zoller haben vielleicht ein Stück einstudiert, das ... Aber eigentlich ist das ja absurd; genausogut hätten sie mir alles erzählen können ...»

«Theaterleute sind komische Käuze», sagte Kröner, während er das fette Schmalz, das dicht mit braunen Grieben durchsetzt war, auf das Brot strich.

«Da können Sie recht haben. Aber einen Sinn gibt's trotzdem nicht», sagte Bienzle.

Kröner brachte das Schmalzbrot auf der flachen Hand. Bienzle griff zu und biß hinein.

«Mann, schmeckt das!» sagte er mit vollem Mund. «Seit zwanzig Jahren hab ich kein solches Griebenschmalzbrot mehr gegessen.»

«Könnte es sein», fragte Kröner tastend, «daß der Zoller sozusagen in aller Öffentlichkeit ... Ich meine, bei einer Aufführung?» Kröner unterbrach sich.

Bienzle hatte mitten im Kauen aufgehört und starrte ihn an. «Da könnte ein Sinn drin sein! Eine Art Überrumpelung; in einer Situation, in der die Betroffenen sozusagen wehrlos sind ... Bei einer öffentlichen Veranstaltung zum Beispiel.»

«Halten Sie so was für möglich?» fragte Kröner.

«Ich hab so nach und nach gelernt, alles für möglich zu halten.»

«Aber warum mußte dann mein Freund Androsch jetzt sterben?»

«Vielleicht bin ich dran schuld. Ich hab eine Menge rumgefragt in der letzten Zeit ... Haben Sie Telefon?»

«Dort drüben.» Kröner zeigte auf ein altes Nachttischchen, das neben der Küchentür stand.

Bienzle kramte eine Handvoll Zettel aus der Jackentasche, fand den richtigen und wählte. «Hallo – Herr Zoller? Bienzle hier ... Eine kurze, aber wichtige Frage: Treten Sie in nächster Zeit mit Ihren Puppen auf ...? An welchem Samstag – morgen etwa? ... Wo, bitte? ... Sagen Sie das noch mal: im Theater? Ach so – im Vestibül ... Der Reitklub, ja ... Was spielen Sie denn? ... Aha, ja, ich verstehe ... Ja. Dankeschön, Herr Zoller.» Der Kommissar legte auf und blieb ein paar Sekunden regungslos stehen.

«Oh, du liabs Hergöttle von Biberach», sagte er schließlich inbrünstig, «wi hent di d' Mucka verschissa!»

Kröner goß schweigend noch einmal Schnaps ein.

Bienzle sagte: «Ausgerechnet beim Stiftungsfest des Reitklubs.»

«Prost», sagte Kröner.

«Sehr zum Segen», sagte Bienzle. Der Schnaps wärmte seinen Bauch, seine Haut fror. Für einen Augenblick legte der Kommissar seinen Arm um die Schultern des alten Kröner, dann stapfte er durch die schmale Küchentür und einen engen, dunklen Korridor hinaus in das milde Nachmittagslicht.

Im Nachbarhaus war Häberle mit seinen Leuten bei der Spurensuche. Bienzle wollte nicht stören. Er nahm einen Stuhl, trug ihn in eine stille Gartenecke und setzte sich in die Sonne. Als Häberle nach einer Weile zu ihm trat, war er eingeschlafen. Nur mit Mühe fand er in die Wirklichkeit zurück.

«Ich hab da was gefunden», sagte Häberle, «das wird dich interessieren.»

Es war ein schmales, grau und schwarz marmoriertes Buch. Auf dem Titel stand: *Tagebuch IV.* Der Kommissar schlug die erste Seite auf und las: *Wer seine Lage erkannt hat, wie sollte der aufzuhalten sein.* Interessiert blätterte Bienzle weiter.

Die Eintragungen glichen Telegrammen. Es waren kurze, oft verstümmelte Sätze, die zudem noch teilweise aus Wortkürzeln zusammengesetzt waren, die sich der Schreiber selbst ausgedacht haben mußte. Im wesentlichen ging es offensichtlich um Anmerkungen zu Inszenierungen, um Gedächtnisstützen, Notizen.

Muß endl. K. nach Würzburg schreiben, stand da etwa, oder *U. war da, ein zärtl. Gespräch;* dahinter hatte Androsch drei Glockenblumen gemalt.

Bienzle blätterte und las ohne Hast. Auf Seite 30 fand er den ersten Hinweis auf Zoller: *Z. hier. Mit Puppen. Klagen über Tochter. Abhäng.*

von Meister. Auf eine Eintragung drei Seiten weiter starrte Bienzle lang: *S. verstärkt Druck.* Von da an tauchte das Kürzel S. immer öfter auf. Bienzle fischte ein Blöckchen aus der Tasche und kritzelte in seiner sehr kleinen Schrift einzelne Sätze aus dem Buch ab: *S. droht Z., ihn hochgehen zu lassen. Güterabwägung: Was ist besser, auspacken oder stillhalten?*

S. u. Co. bei Zoller. Geldangebot.

Z. schlägt Enttarnung bei Puppenspiel vor.

S. bei mir – offens. kennen wir nur einen minimalen Teil seiner Verstrickung.

Anruf von S. – er hat Angst. Angst macht ihn gefährlich.

Die letzte Eintragung lautete: *Telef. mit S. Ich sage wörtl. ‹Ihr Spiel ist aus, der Vorhang fällt.› S. reagiert seltsam gelassen. Ich habe Angst. Muß Polizei verst.* Als Datumsangabe entzifferte Bienzle: *Freit. 18. 9. 10.00 Uhr.*

Zehn Uhr heute früh. Nur ein paar Stunden, bevor er selbst hier eingetroffen war . . . Bienzle ging in das Haus zurück und bahnte sich behutsam einen Weg durch die Beamten, die mit Pinsel, Magnesiumpulver und Tesafilm Fingerabdrücke sicherten, zu Häberle. «Gibt's noch ein solches Tagebuch?» fragte er den Kollegen. «Das hier trägt die Nummer römisch vier.»

«Bis jetzt wurde nichts gefunden . . . Hast du schon eine Theorie?»

Bienzle schüttelte den Kopf. «Kennst mich doch, damit bin ich vorsichtig. Und du weißt ja auch: Meistens erweisen sich die Tatsachen als Todesursachen für die Theorien.»

«Wenn ich mir das so ansehe», sagte Gächter eine Stunde später zu Bienzle, «ist der Herr Doktor Spieß vielleicht doch der, den wir suchen.»

«Könnte sein.»

«Wird vielleicht Zeit, daß wir uns einen Haftbefehl beschaffen.»

«Mach dich doch nicht lächerlich. Wir haben keinen einzigen Beweis in der Hand.»

«Dann wird's eben Zeit, daß wir Beweise beschaffen.»

«Du redest daher wie der Blinde von der Farbe. Haben wir etwa den Gegenstand, mit dem Meister niedergeschlagen wurde? Haben wir Fingerabdrücke an den Spritzen, die uns weiterhelfen? Haben wir bei Androsch eine Tatwaffe? Nichts haben wir, nicht mal verwertbare Zeugenaussagen . . . Ja, Zeugen, die gibt's wohl, sogar jede Menge – nur keinen, der etwas sagen will. Und warum? Weil sich jeder selber belasten würde. So sieht's aus. Und der Zoller, der sich vielleicht einen Ruck geben könnte, will's auf eigene Faust machen. Mit einer entlarvenden Puppentheateraufführung . . . Reiner Schwachsinn ist das!»

Gächter sah seinen Vorgesetzten an. «Eine richtige Rede hast du da gerade gehalten.»

«Ach, rutsch mr doch da Buckel nonder.»

Sie saßen an einem schmalen Tischchen in einem Café, in dem sich Bienzle nicht wohl fühlte, weil ihm das zerbrechliche Mobiliar seine eigenen Gewichtsprobleme gleichsam fühl- und sichtbar nahebrachte.

Haußmann kam herein und hatte sein eifriges Dienstgesicht. Er setzte sich und bestellte einen Tee mit Zitrone. Dann sah er lächelnd erst Bienzle und dann Gächter an.

«Na, was ist?» Bienzle machte keinen Hehl aus seiner schlechten Laune.

Haußmann zog einen Notizblock aus der inneren Jackentasche und las vor: «Die Brandermittlungen auf der ‹Ursula› sind weitgehend abgeschlossen. Der Brand war ausgelöst worden durch einen Sprengsatz, der mit einem Benzinkanister verbunden war. Sprengsatz und Benzinkanister sind unterhalb des Benzintanks montiert gewesen. Der Plan der Brandstifter, den Tank zur Explosion zu bringen und damit das Schiff total zu zerstören, ist aber mißglückt; die Wandung hat standgehalten. Die Durchsuchung der teilweise starke Brand- und Löschwasserschäden aufweisenden Jacht ergab Hinweise darauf, daß sie noch kurz zuvor bewohnt worden ist.»

Bienzle unterbrach: «Sie brauchen mir nicht diesen ganzen Schulaufsatz vorzulesen, sagen Sie mir lieber, ob verdächtiges Material gefunden wurde?»

Haußmann blätterte, dann las er: «Unterlagen für offensichtlich geplante Fälschungen von Papieren für Reit- und Rennpferde. 380 Gramm sechzigprozentiges Heroin, in Plastikpäckchen eingeschweißt. Zwei Revolver. Ausländische Währung, im einzelnen 13 000 Schweizer Franken und 120000 Österreichische Schilling.»

Bienzle pfiff durch die Zähne und richtete sich vorsichtig auf dem gebrechlichen Stühlchen ein wenig auf. «Alles?»

Haußmann nickte.

«Und jetzt frage ich Sie: Warum hat Spieß das nicht alles wegschaffen lassen, bevor er die Brandstifter auf sein eigenes Schiff losgelassen hat?»

«Das ist allerdings eine Frage», sagte Haußmann unbestimmt.

«Sie sollen mir nicht bestätigen, daß das eine Frage ist. Eine Antwort will ich haben. Ist der Spieß schon vernommen worden?»

«Ja . . .» Haußmann blätterte schon wieder in seinem Block. «Er gibt an, zufällig in den Hafen gekommen zu sein. Die Katastrophe habe ihn völlig überrascht. Er habe noch versucht zu retten, was zu retten gewesen sei.»

Bienzle lachte. «Mit einem Spielzeugeimerle!»

«Daß da inkriminierende Gegenstände – wie er sich ausdrückte – auf dem Schiff gefunden werden konnten, kann er sich nicht erklären. Es gebe nur eine Möglichkeit: Irgendwer müsse das Zeug auf die Jacht gebracht haben, um ihn – Dr. Spieß – zu belasten. Er habe viele Feinde und Neider.»

Gächter sagte: «Spieß muß damit gerechnet haben, daß der Kahn in die Luft geht.»

Bienzle wiegte seinen schweren Kopf hin und her. «Tja, selbst dann hätten wir ja vielleicht noch Spuren gefunden.»

«Auf dem Grund des Sees?»

«Na ja, vielleicht auch nicht», knurrte Bienzle. «Aber ein Mann, der Geschäfte in dieser Größenordnung macht, schaltet doch jede Möglichkeit der Entdeckung aus . . . Und dann, das Geld: Ich schätze den Spieß nicht so ein, daß er über 30000 Mark einfach verbrennen oder absaufen läßt . . . Irgendwas daran ist faul.»

«Wir sollten ihn vernehmen», sagte Gächter.

Bienzle beachtete die Aufforderung nicht, sondern fragte: «Hast du denn irgendwas über die anderen Schiffe rausgekriegt?»

«Tja, die schweizerischen und die österreichischen Kollegen melden, die Schiffe seien im Wege der Amtshilfe durchsucht worden. Kein Ergebnis; die Pötte waren sozusagen klinisch rein.»

«Wann war das?»

«Gestern gegen Abend.»

«Du mußt das genau rauskriegen. Und dann will ich wissen, ob der Spieß von diesen Durchsuchungen gewußt hat und wann er davon erfahren hat, wieviel Zeit ihm danach blieb, die ‹Ursula› auszuräumen.»

Gächter sagte: «Da war doch ein Taucher auf dem Schiff, der Mann, der den Sprengsatz und den Kanister angebracht hat, warum hat der denn die Moneten und das Heroin nicht mitgenommen?»

«Die Sachen waren in einem Safe», sagte Haußmann; «Entschuldigung, das habe ich vergessen.»

«Und was noch?» bellte ihn Bienzle an.

Der junge Kriminalassistent starrte auf seinen Notizblock und sagte leise: «Ich glaube, sonst nichts.»

Gächter stand auf. «Ich werd mich mal an die Arbeit machen. Übrigens: *Du* hast vergessen, mich nach meinen Recherchen im Theater zu fragen. Niemand kann etwas darüber aussagen, ob irgendwer auf der Schreibmaschine von Fräulein Schatz getippt hat.» Damit ging er hinaus, ohne noch einmal auf Bienzles böse Miene zu blicken.

Es war achtzehn Uhr, als Bienzle und Haußmann das Café verließen. Bienzle sagte mehr zu sich selbst:

«Ich bin mir unschlüssig, ob ich noch mal nach Tübingen fahren soll, um mit dem Mädchen zu sprechen, oder ob ich mir nicht vielleicht doch den Spieß vornehme.»

«Könnte nicht ich nach Tübingen fahren?» fragte Haußmann vorsichtig.

«Ja, warum eigentlich nicht . . . Bärbel Zoller liegt in der Chirurgischen Universitätsklinik auf dem Schnarrenberg. Ich ruf den Arzt noch an, daß er Sie da reinläßt. Und dann bringen Sie das Mädchen mal dazu, ihre ganze Liebesgeschichte zu erzählen. Vor allem aber will ich wissen, welcher Art die Geschäfte waren, die ihr Vater gemacht hat, wie er zu dem früheren Intendanten Androsch stand und wie zu dem neuen, dem Herrn Spohnholz . . .» An dieser Stelle brach Bienzle ab, als ob ihm an den eigenen Worten etwas überrascht hätte, aber dann schüttelte er den Kopf. «Also, das alles muß rauskommen. Das Wichtigste aber ist, was sie über den Dr. Spieß sagen kann. Wir brauchen Material gegen diesen Mann; so viel Material, daß es für einen Haftbefehl reicht.»

«Ich werde mir Mühe geben», sagte Haußmann eifrig.

Und Bienzle versöhnlich: «Sie schaffen das schon!»

Der Kommissar nahm ein Taxi und ließ sich zum Reitstall fahren, nachdem er zuvor von einer Zelle aus die Tübinger Klinik angerufen hatte.

Die Dämmerung kroch zwischen die Bäume, die das weite Areal umgrenzten. Bienzle lehnte sich an ein Geländer und sah einem einzelnen Reiter zu, der sein Pferd im gestreckten Galopp über die Bahn jagte. Auf dem fleckigen grünen Rasen im Innenraum standen rot-schwarze Hindernisse ohne erkennbare Ordnung herum. Der Reiter zwang nun sein Tier in diesen Innenraum und kam direkt auf Bienzle zu, dabei nahm er drei Hindernisse mit leichten und eleganten Sprüngen. Kurz vor dem Kommissar, der irritiert zurückwich, parierte er das Pferd.

«Was wollen Sie hier?» fragte er unfreundlich. Er war höchstens fünfundzwanzig Jahre alt, hatte eine lange Narbe auf der rechten Wange und, soweit es Bienzle in der Dämmerung erkennen konnte, rotes Haar, das sich in der feuchten Abendluft zu Löckchen kräuselte.

«Ich will einen Mörder finden», sagte Bienzle ernsthaft.

«Wie bitte?»

«Sie haben schon richtig gehört. Ich gehöre zur Kriminalpolizei und ermittle im Mordfall Meister, neuerdings übrigens auch im Mordfall Androsch. Und was machen Sie hier?»

«Ich arbeite mit dem Pferd, das sehen Sie doch.»

«Ach, nennt man das so?»
«Ja. Noch was?»
«Ja. Sagen Sie mir, wo ich Dr. Spieß finde.»
«Wahrscheinlich im Reiterstüble. Sie kommen am besten hin, wenn sie durch den Stall gehen.» Damit ließ der Reiter Bienzle stehen und trabte davon.

Bienzle sah ihm nach. Er ritt weder auf das Feld zurück noch zum Stall, sondern umrundete das Gebäude und verschwand an der Rückfront.

«Auch eine Art Nachrichtensystem», brummte Bienzle, «ein reitender Bote.»

Langsam schritt er auf das Stallgebäude zu, vermied aber das Tor mit dem Schild ZUTRITT FÜR UNBEFUGTE UNTERSAGT, und ging an der Außenwand entlang zur Rückfront. Von dem Reiter war nichts zu sehen. Bienzle stieg eine schmale Treppe hinauf, die zu einer Holztür führte, auf der *Reiterstüble* stand.

Der niedrige Raum war praktisch nichts anderes als eine verglaste Empore der Reithalle. Es roch nach Schweiß und Pferden. Um einen ovalen Tisch saßen fünf Männer. Jeder von ihnen hatte ein Bierglas vor sich stehen. Spieß war der dritte von links. Als die Tür aufging, hoben alle fünf gleichzeitig den Kopf und sahen gespannt zu dem Neuankömmling hin.

Bienzle nickte ihnen zu, ohne etwas zu sagen. Dann schaute er eine Weile stehend in die Reithalle hinab, wo sich ein Rudel von Pferden in dem mit Sägespänen gefüllten Geviert tummelten. Offensichtlich wurden sie vom Nachwuchs geritten.

«Sie wollen zu mir?» fragte Spieß, und seine Stimme klang ärgerlich.

Bienzle nickte und schaute weiter durch das angeschmutzte Glas auf die Reiter hinab.

«Dann nehmen Sie doch Platz. Möchten Sie ein Bier?»
«Lieber ein Viertel Rotwein.»
Einer der fünf Männer stand auf und ging hinter die Theke.
«Wenn's einen Württemberger gibt . . .» setzte Bienzle noch rasch hinzu.
«Knittlinger?» fragte der Mann hinter der Theke.
«Donnerwetter!» sagte Bienzle anerkennend und ließ sich an einem Tisch direkt am Fenster nieder.

Dr. Spieß kam zu ihm, als er gerade den rot schillernden Tropfen probierte und prüfend im Mund rollte. Bienzle nickte anerkennend.
«Ein Trollinger wie er sein soll.»
Spieß sah den Kommissar kühl an. «Nun, was wünschen Sie?»
Bienzle setzte das Henkelglas vorsichtig ab. Er fuhr sich mit der rechten Hand müde über die Augen. Dann sah er Spieß direkt ins

Gesicht. «Wie geht es Ihnen?»

«Sie sind wohl nicht gekommen, um mich das zu fragen.»

Bienzle sah sein Gegenüber unverwandt an. «Warum nicht? Ich fände es aufschlußreich zu wissen, wie's Ihnen geht.»

«Nun, wenn's der Wahrheitsfindung dient: mir geht's gut.»

«Fein.»

Die beiden Männer schwiegen. Bienzle gleichmütig, fast gelangweilt. Spieß dagegen wurde zunehmend unruhiger.

«Ich finde Ihre Art schlicht unfair», sagte er schließlich.

«Warum denn? Bis jetzt habe ich doch praktisch noch gar nichts gesagt.»

«Eben!»

Bienzle lachte leise. Dann sagte er beiläufig: «Wie kommt das Rauschgift auf Ihr Schiff?»

«Ich weiß es wirklich nicht.»

«Und warum waren Sie genau zu dem Zeitpunkt im Hafen, als Ihr Schiff zu brennen anfing?»

«Ich kam dazu, als es schon brannte.»

«Falsch.»

«Wie bitte?»

«Ich sage: falsch!»

«Sie wollen also behaupten, ich lüge?»

«Ich weiß, daß Sie lügen.»

Spieß starrte Bienzle an. «Und woher, wenn ich fragen darf?»

«Sie dürfen. Antwort: Weil ich zugeschaut hab.»

«Weil Sie ... Sagen Sie mal, sind Sie übergeschnappt?»

Bienzle winkte ab. «Geben Sie's auf; da kenn ich bessere Schauspieler als Sie ... Fünf Minuten bevor der Brand ausbrach, kamen Sie in Begleitung von Herrn Smetana im Hafen an. Sie haben den Zeitpunkt genau gekannt; Sie haben sogar die Sekunden bis zur Explosion gezählt, wie bei einem Raketenstart. Ich stand nur ein paar Meter von Ihnen entfernt ... Also?»

Dr. Spieß war bleich geworden. Er griff nach seinem Bierglas, hob es aber nicht an. Seine Hand zitterte.

«Ich will Ihnen mal sagen, in welcher Situation Sie sind», sagte Bienzle. «Sie nähren den Verdacht in jeder Hinsicht, wenn Sie hier so hartnäckig leugnen. Leider haben wir es ja nicht nur mit Pferdeschwindel, Rauschgiftschmuggel und so was zu tun, sondern auch mit zwei Morden!»

«*Zwei* Morde?» Spieß schien tatsächlich überrascht zu sein.

«Ja. Und mit einem Mordversuch in Tübingen.»

«Und Sie bringen mich damit ...»

«Jetzt machen Sie sich doch mal die Mühe», unterbrach Bienzle, «sich in meine Rolle hineinzudenken. Wen würden Sie verdächtigen?»

«Franz ...» Dr. Spieß wandte sich zur Theke um und rief mit unsicherer Stimme: «Franz, bring mir mal 'n Schnaps!»

«Einen oder zwei?» fragte der Mann am Thresen.

«Einen», sagte Bienzle finster, «mer drenkt koin Schnaps zum Trollinger.»

Spieß sagte: «Was wollen Sie jetzt machen?»

«Die Frage ist, was *Sie* machen wollen, Dr. Spieß.»

«Ich verstehe nicht.»

«Nun, Sie können weiter mauern in der Hoffnung, daß wir bei unseren Nachforschungen keinen Erfolg haben werden, Sie können jetzt aber auch Aussagen machen. Das hätte den Vorteil, daß Sie sich dort entlasten, wo ein Verdacht möglicherweise gar nicht zutrifft.»

«Bis zum Beweis des Gegenteils bin ich ohnehin unschuldig.»

«Völlig richtig. Aber in diversen Punkten ist dieser Beweis praktisch schon geführt. Lang kann's nicht mehr dauern, bis ich mit einem Haftbefehl wiederkomme.»

«Ich war schon einmal in Untersuchungshaft und bin wieder rausgekommen.»

«Und?»

«Es war schrecklich. Ich konnte mich noch Monate danach in keinem geschlossenen Raum aufhalten.»

«Sehen Sie!»

Eine Pause entstand. Dann gab sich Spieß einen Ruck: «Hören Sie mal, Herr Bienzle, es mag Ihnen gelungen sein, mich für einen Augenblick einzuschüchtern, ja, mir sogar Angst einzujagen, aber ...»

Bienzle stand unvermittelt auf. «Ist gut; die Tour kenn ich. Alles, was Sie jetzt sagen wollen, kann ich schon singen. Ich hör mir das nicht an. Wenn Sie sich anders besinnen, geben Sie mir Bescheid!»

Er wandte sich zur Tür, drehte sich aber noch einmal um, ging zur Theke und legte wortlos ein Fünf-Mark-Stück auf die bierverschmierte Nirostafläche. Der Kneipier zog wortlos 1,80 Mark ab.

Bienzle nickte den Männern am ovalen Tisch zu und ging an Spieß vorbei, ohne ihn noch eines Blickes zu würdigen, zur Tür.

Er mußte eine Viertelstunde gehen, bis er ein Taxi auftreiben konnte. Dem Fahrer gab er die Adresse von Ursula Ralnik an.

«Ach, du bist's», sagte die Schauspielerin, als er bei ihr klingelte.

«Kann ich reinkommen?»

«Ja, aber nicht lange. Ich hab Vorstellung.»

Bienzle setzte sich auf die Riesencouch.

«Cognac?» fragte Ursula Ralnik.

«Danke, nein.»

«Kommst du weiter?» Sie fragte vom Bad her, wo sie sich offensichtlich für den Abend zurechtmachte.

«Es geht ... Ach, Unsinn – im Gegenteil. Androsch ist ermordet worden.»

«*Was?!*» Es war ein lauter, ein entsetzter Schrei, in dem weit mehr lag als Überraschung. Sie kam ins Zimmer getaumelt und blieb schwankend wie eine Betrunkene vor ihm stehen. Ihr Gesicht war so weiß wie ihre Zähne.

«Ja. Ich selbst hat ihn gefunden.»

«Und ihr konntet das nicht verhindern?» In ihrer Stimme lag Schmerz und Abscheu.

«Wenn mir nicht alle Leute die Unwahrheit sagen würden oder nur die halbe Wahrheit ... Ich habe den Namen gestern zum erstenmal gehört, und dabei wußte ich noch nicht einmal, wer das ist. Der Name wurde sozusagen als Codewort benutzt.»

Ursula Ralnik setzte sich auf die vordere Kante der Couch und starrte Bienzle ins Gesicht. «Als Codewort?»

«Ja. Die Ganoven, die mich nach Tübingen verfolgt haben, mußte ihre Befehle unter diesem Namen abrufen.»

«Das ist ja ... pervers!»

«Warum? Es ist ein Name wie viele.»

Ursula Ralnik schüttelte ihren Kopf. «Es ist eben nicht ein Name wie viele.»

«Das solltest du mir erklären.»

Die Schauspielerin ging zu einem niedrigen Schränkchen und holte eine Cognac-Flasche heraus. Sie goß sich ein Glas voll und nahm einen großen Schluck. Dann atmete sie tief und sagte: «Ich hab nur noch wenig Zeit.»

«Ich begleite dich zum Theater.»

Sie ging wieder ins Bad. Bienzle folgte ihr und lehnte sich gegen den Türrahmen. Während sie sich kämmte und schminkte, erzählte sie:

«Androsch ist ... Er war ein Genie. Unbequem, zugegeben, aber einer von den Großen. Niemand hat so intensiv gearbeitet wie er. Jeder Schauspieler, jeder Bühnenbildner oder Kostümbildner, ja sogar der Tontechniker bekam schon lange vor Beginn der Proben von ihm ein extra präpariertes Textbuch, in dem alles notiert war, was den jeweiligen Bereich betraf ...» Sie verstummte, solange sie sich die Lippen nachzog; dann fuhr sie fort: «Aber das sind alles nur Äußerlichkeiten. Wenn er inszenierte ... Weißt du, man hatte einfach nicht mehr das Gefühl, an einem Provinztheater zu arbeiten ... Dann kam Spohnholz. Ein cleverer Zeitgenosse, das kann ich dir sagen! Er war Dramaturg. Und vom ersten Tag an hat er an Androschs Stuhl gesägt. Beim

Bürgermeister war er bald lieb Kind und beim Leiter der Volksbühne auch. Er hat nichts riskiert, hat leichte Sachen inszeniert – gut übrigens; dann kann er ... Er hat auch aufgepaßt, daß der Etat nicht überzogen wurde.»

Sie zog sich aus bis auf Höschen und Büstenhalter, ging an Bienzle vorbei ins Wohnzimmer und angelte aus dem Kleiderschrank einen Hosenanzug. Bienzle versuchte gleichmütig zuzusehen, aber er mußte schlucken.

«Weiter», sagte er mit belegter Stimme.

«Na ja, Spohnholz begann zu intrigieren. Das war leicht. Androsch war homosexuell.»

«Na und?» sagte Bienzle. «Das ist doch am Theater nichts Besonderes.»

«Stimmt. Aber spießige Stadträte kann man damit leicht schockieren; vor allem, wenn sich der Betreffende nicht vorsieht.»

«Du meinst, er hat sich durch seine Anlage zu unvorsichtigen Handlungen verleiten lassen?»

Für einen Augenblick sah Ursula Ralnik den Kommissar verblüfft an, dann sagte sie: «Hast du soviel Einfühlungsvermögen oder tust du nur so?»

«Ich weiß nicht. Ich bemühe mich, das alles zu verstehen, obwohl sich in mir etwas dageben sträubt. Ich will einfach fair sein, verstehst du?»

Sie nickte. «Hört sich verdammt gut an.»

Das Kompliment machte Bienzle verlegen. «Erzähl weiter!»

«Nun ja, Spohnholz schaffte es; Androsch bat um seine Entlassung. Es gab zwar einen Aufstand im Theater, aber der neue Chef schmiß einfach jeden raus, der gegen ihn war. Das heißt, er hat die Verträge einfach nicht verlängert.»

«Und wie war's bei dir?»

«Mich hat er behalten, und Meister auch. Mich, weil ich ein paarmal mit ihm geschlafen habe, und Meister, weil der offensichtlich etwas gegen ihn in der Hand hatte.»

Bienzle war betroffener, als er es sich selbst zugeben wollte. Er brauchte ein paar Augenblicke, ehe er die nächste Frage stellen konnte: «Und Androsch hat es dir nicht verübelt?»

«Nein. Ich bin zu ihm hingegangen und habe ihm gesagt, Andi, es geht um meine Existenz. Ich geh mit dem Kerl ins Bett. Es bedeutet nichts. Arbeitsplatzerhaltung, weiter nichts ... Es gab für mich eine Reihe von Gründen, noch eine Weile in Seestadt zu bleiben.»

«Dr. Spieß?»

«Ja, damals auch noch Dr. Spieß. Aber nur unter der Bedingung, daß ich mich finanziell nicht von ihm abhängig machte.»

«Ich verstehe.»
«Hoffentlich.»
«Sagen wir, ich bemühe mich . . .»
«. . . fair zu sein?»

Der Kommissar nickte; ihm war nicht wohl in seiner Haut. Ursula Ralnik kam zu ihm und stellte sich dicht vor ihn. Sie war ein wenig größer als er.

«Nun?» sagte sie.

«Ich war heute morgen ziemlich . . . Nun, ziemlich glücklich», sagte Bienzle.

«Und jetzt?»

«Ich weiß nicht. Es ist, als ob man mir ein wenig Hoffnung gegeben und gleich wieder entzogen hätte.»

«Du meinst, *ich* habe sie dir gegeben und wieder entzogen?»

«Ja . . . So ähnlich wenigstens.»

«Warum? Weil ich mit Spohnholz . . .»

«Ach, vergiß es!» brummte Bienzle.

«Nein, ich will es nicht vergessen. Für mich war da nämlich auch so etwas wie ein Funken Hoffnung, aber das gibt es immer mal wieder . . . Du brauchst mich nicht zu begleiten. Mach's dir bequem und zieh die Tür einfach hinter dir zu, wenn du gehst.»

Bienzle war unfähig zu widersprechen oder etwas zu tun. Er blieb einfach stehen, wo er stand, und er verharrte noch lange auf derselben Stelle, nachdem die Tür ins Schloß gefallen war. Dann schüttelte er sich und ging ziellos in der kleinen Mansardenwohnung herum. Schließlich rief er im Hotel an, ob sich jemand gemeldet habe. Weder Haußmann noch Gächter waren aufgetaucht; sie hatten auch nicht angerufen . . . Bienzle zog seine Jacke aus und legte sich auf die Couch. Zwei Minuten später war er eingeschlafen.

Er wachte erst wieder auf, als er eine Hand an seiner Schläfe spürte.

Ursula Ralnik sah müde aus. Sie hatte noch Reste der Bühnenschminke im Gesicht und tiefe Ringe unter den Augen.

«Wie war's?» fragte Bienzle.

«Katastrophal. Aber was macht das schon? Das Publikum war begeistert wie immer.»

Bienzle richtete sich auf. «Ich hab Hunger.»

«Ich mach uns was.»

«Nein», sagte Bienzle bestimmt; «ich bin jetzt ausgeruht. Setz dich hin. Ochsenaugen machen kann ich auch.»

«Was kannst du?»

«Ochsenaugen ist der schwäbische Ausdruck für Spiegeleier.»

Jetzt lächelte sie sogar ein wenig.

Als der Kommissar die Pfanne mit den Eiern ins Zimmer trug, sagte Ursula Ralnik: «Was hat eigentlich unser kleiner Smetana mit der ganzen Sache zu tun?»

«Er steckt vielleicht mit Spieß unter einer Decke.»

«Und Spohnholz?»

«Zugegeben», sagte Bienzle, «er ist mir auch nicht sympathisch. Aber deshalb kann man ihn nicht gleich zum Verbrecher stempeln, nicht wahr?»

Sie aßen eine Weile schweigend. Dann sagte Ursula Ralnik: «Warum bist du eigentlich Polizist geworden?»

«Zum Schauspieler hätt's nicht gereicht.»

«Nein, ernsthaft!»

«Ernsthaft. Ich hab zuviel versäumt. Ich hab mein Abitur nicht gemacht aus Trotz gegen die Schule, dann hab ich so rumgejobt, und als der Hauser, mein jetziger Chef, gekommen ist und mich für den Polizeidienst anwerben wollte, war ich richtig froh. Daß ich noch mal Beamter werden konnte, das hat mich einfach fasziniert.»

«Eine ziemlich magere Lebensgeschichte.»

«Mehr ist nicht.»

«Du bist doch verheiratet.»

«Na ja . . .»

«Was heißt das?»

«Ich kann meine Ehe nicht vor dir schlechtmachen; lassen wir's dabei.»

«Okay.»

Bienzle stand auf und räumte das Geschirr in die kleine Küche. Dann zog er seine Jacke an.

«Sehen wir uns noch mal?» fragte Ursula Ralnik.

«Ich will den Fall morgen abgeschlossen haben.»

«Im Ernst?»

«Ja, sicher.»

«Und dann?»

«Mal sehen», sagte Bienzle vage.

«Ich verstehe schon.»

«Nein, das glaub ich nicht.»

Ursula Ralnik stand auf und legte die Arme um seinen Nacken. «Und was ist mit unserem Funken Hoffnung?»

«Funken sind gefährlich», sagte Bienzle; «sie können erlöschen oder – wer weiß – es kann auch ein Feuer daraus werden.» Dann gab er sich einen Ruck und sagte: «Ich werde noch poetisch, wenn's so weitergeht, und das paßt nicht zu mir.»

Sie küßten sich zum Abschied.

In seinem Fach an der Reception fand Bienzle zwei Briefumschläge und darin je einen Zettel von Gächter:

Die beiden Boote sind um achtzehn und 18 Uhr 30 durchsucht worden. Spieß wollte sofort unterrichtet werden, war aber unterwegs. Die Nachricht erreichte ihn erst kurz vor neunzehn Uhr. Er soll getobt haben. Zeit, den Kahn in Seestadt auszuräumen, hatte er nicht mehr, mußte wohl auch mit einer Durchsuchung rechnen. Deshalb wohl Brandstiftung. Oder?
Schlaf gut.
Gächter.

Und der zweite Zettel:

22 Uhr 40. Haußmann ruft an. Bärbel Zoller sagt aus, daß ihr Vater für Spieß Rauschgift geschmuggelt hat. In den Puppen. Aber die Aufträge seien plötzlich ausgeblieben. Originalton Bärbel Zoller: «Wie abgerissen.» Meister soll behauptet haben, das Rauschgiftgeschäft werde nach wie vor von Spieß betrieben, nur nach anderen, neueren Methoden. Zoller dagegen glaubte an einen neuen Boss. Meister wollte mehr darüber rauskriegen. Er war selber nie süchtig, behauptet das Mädchen. Sie habe das Zeug beim Vater geklaut und dann probiert. Zusammen mit Schulfreunden. Und dabei sei sie immer weiter reingeraten. Meister habe alles versucht, um sie wieder rauszuholen. Sie glaubt, daß es noch mal eine sehr ernste Auseinandersetzung zwischen Meister und Zoller gegeben haben muß.
So, jetzt gehe ich endgültig schlafen.
Gächter.

Bienzle drehte die beiden Zettel in der Hand, dann steckte er sie achtlos in seine rechte Rocktasche und stieg müde die Treppe zu seinem Zimmer hinauf. Er schlief schon, als er seinen Kopf in die Kissen sinken ließ.

«Einen solchen Fall hatten wir noch nicht oft», sagte Gächter beim Frühstück am Samstagmorgen.

«Noch nicht oft? Noch nie!» Bienzle sah den Kollegen finster an.

Gächter lehnte sich lässig zurück. «Entweder steckt Spieß dahinter oder Smetana oder Spohnholz.»

Bienzle hob den Kopf: «Ach, du hast den Fall gelöst?»

Gächter sagte: «Na ja, mehr als eine Ahnung ist es noch nicht. Aber du weißt ja . . .»

«Ja, ja – deine Ahnungen trügen selten – und so weiter. Aber sag mir mal, warum du nun gerade diese drei aufs Korn nimmst?»

«Zunächst einmal fangen ihre Namen alle mit S an, der Abkürzung also, die Androsch gewählt hat. Zweitens: Spieß hat das Geschäft lange gemacht, und es ist eigentlich kein Grund erkennbar, warum er es abgegeben haben sollte. Smetana steckt mit Spieß unter einer Decke, so sieht es zumindest aus. Aber weißt du, ob er nicht vielleicht der Chef ist? Und Spohnholz ist wenigstens wegen der Schreibmaschine verdächtig . . .»

«. . . zu der jeder Zugang hatte», brummelte Bienzle.

«Zugegeben. Spohnholz, das ist auch nur so eine Art Vermutung. Er ist mir einfach zu undurchsichtig.»

«Auf Androschs Tagebuch sollten wir nicht so viel geben», meinte Bienzle bedächtig. «Er war verbittert, weil Spohnholz ihn vertrieben hatte; da reimt man sich schnell mal was zusammen. Außerdem: Bärbel Zoller hat den Namen Spohnholz überhaupt nicht erwähnt.»

«Stimmt, aber sie hat auch gesagt, ihr Vater habe von einem ‹neuen Boss› gesprochen. Spohnholz ist bestimmt mit allen Wassern gewaschen.»

«Smetana auch», sagte Bienzle, «und womöglich gibt's in Seestadt noch zweihundert andere Leute, deren Namen mit S anfängt und die raffinierter sind als Spieß.»

«Kommt Haußmann noch mal hierher oder läßt du ihn gleich nach Stuttgart zu seiner Freundin fahren?» fragte Gächter.

«Der macht hier seinen Dienst!» sagte Bienzle grimmig. «Um die Mittagszeit spätestens sollte er wieder hier sein.»

Er kam früher. Als Gächter und Bienzle gerade das Hotel verließen, stoppte der VW-Variant vor dem Haus.

«Haben Sie meine Nachrichten erreicht?» fragte Haußmann eifrig.

Bienzle nickte. «Ruhen Sie sich aus. Wir sehen uns zum Mittagessen im Dominikanerkeller. Punkt zwölf.»

«Und ich?» fragte Gächter. «Kann ich mich auch ausruhen?»

«Blödsinn. Du kommst mit.»

Sie gingen dicht nebeneinander durch die alten Gassen der Stadt.

«Schöne Häuser», sagte Bienzle und schaute an den Fachwerkgiebeln hinauf. «Bin gespannt, wann damit angefangen wird, sie wegzusanieren.»

Gächter ging nicht darauf ein; er hatte kein Intereesse für die Baukunst früherer Jahrhunderte. «Könntest du mir mal sagen, wo's nun eigentlich hingeht?»

«Zu Zoller, wohin sonst.»

«Ach ja? Aber natürlich, wohin auch sonst», sagte Gächter.

«Laß bloß dein Sarkasmus en der Tasch, wenn de mit mir onderwegs bischt!» knurrte Bienzle.

Den Rest des Weges legten sie schweigend zurück.

Zoller war nicht zu Hause. Eine ältere Dame öffnete. Bienzle wies sich aus.

«Ich bin Frau Drippenstedt», sagte die Frau, eine hochgewachsene, damenhafte Erscheinung um die Sechzig; «ich mache Herrn Zollers Haushalt.»

«Verstehe», sagte Bienzle, «können wir reinkommen?»

«Bitte – wenn ich auch nicht weiß, wie ich Ihnen helfen kann.»

«Das sage ich Ihnen dann», sagte Bienzle.

Sie wurden in das Zimmer geführt, das der Kommissar schon kannte. Gächter schaute sich interessiert die Pferdefotos an der Wand an.

«Werden Sie heute abend bei der Aufführung sein?» fragte Bienzle.

«Ich denke, ja», sagte Frau Drippenstedt vorsichtig; «Herr Zoller lädt mich immer ein.»

«Wissen Sie, was er spielen wird?»

«Eine Art Kabarett, soviel ich weiß.» Sie zeigte auf einen großen Weidenkorb: «Die Puppen hat er schon bereitgelegt; sie sollen heute nachmittag abgeholt werden.»

Gächter schlenderte zu dem Korb hinüber und öffnete den Deckel.

«Bitte, lassen Sie das», sagte Frau Drippenstedt.

Gächter zog an einem Holzkreuzchen, an dem Fäden befestigt waren, die sich jetzt langsam strafften. Eine Puppe hob den Kopf über den Korbrand.

Bienzle sagte: «Das ist Smetana.»

«Bitte, lassen Sie das!» sagte Frau Drippenstedt wieder.

Gächter zog die nächste Puppe heraus.

Bienzle sagte: «Spohnholz.»

Frau Drippenstedt protestierte noch einmal, ohne daß es auf Gächter Eindruck gemacht hätte.

«Das ist Spieß», sagte Bienzle bei der nächsten Puppe.

Es folgten zwei Ganovenfiguren, dann eine Puppe, die Androsch glich; Zeck tauchte auf, dann eine Marionette, die Bienzle niemandem zuordnen konnte.

Plötzlich bückte sich Gächter und zog ein Päckchen aus dem Korb; es war viereckig, flach und in grobes Packpapier eingeschlagen.

«Ich finde es ungeheuerlich, wie Sie sich benehmen!» beschwerte sich Frau Drippenstedt.

«Die restlichen drei Tagebücher», sagte Gächter.

«Heilig's Blechle . . .» entfuhr es Bienzle.
«Und jetzt?» fragte Gächter.
«Wir müssen Zoller finden.»
Bienzle machte eine knappe Verbeugung in Richtung von Frau Drippenstedt und murmelte «'tschuldigung!» und war draußen. Gächter hinterher.

Draußen ging ein herrischer Wind. Bienzle knöpfte seinen Mantel zu, senkte den Kopf und stapfte in einem Tempo los, daß Gächter kaum Schritt halten konnte. Erst als sie am Bühneneingang des Theaters ankamen, blieb Bienzle stehen. Er tippte Gächter gegen die Brust und sagte:

«Wie kommt Zoller zu den Büchern?»

Gächter, der die drei schmalen Bändchen unter dem Arm trug, meinte: «Androsch wird sie ihm gegeben haben.»

«Und wenn es nicht so war?»

«Du meinst, Zoller könnte sich die Tagebücher genommen haben?»

«Ja, warum nicht? Und sei es nur, um Beweismaterial aus dem Weg zu räumen. Im vierten Band stand ja nicht viel Verräterisches.»

«Ist das dein Ernst?»

«Überleg doch mal», sagte Bienzle, «wir wissen nur, daß es jemand gibt, dessen krumme Geschäfte offensichtlich von Meister aufgedeckt werden konnten. Meister mußte deshalb dran glauben.»

«Androsch war schließlich Zollers Freund.»

«Er könnte aber hinter das Geheimnis des Puppenspielers gekommen sein und mußte vielleicht gerade deshalb sterben.»

«Das glaub ich nicht.»

«Aber es ist eine Möglichkeit, oder?»

«Zugegeben.»

«Zoller, dem es vor ein paar Jahren noch ziemlich dreckig gegangen ist, wohnt doch jetzt wie ein Fürst – er hat sogar eine Haushälterin . . . Kurzum, es geht ihm offensichtlich gut, sehr gut sogar. Meinst du, daß er das mit seiner mageren Gage finanziert hat?»

«Okay», sagte Gächter. «Aber die Tagebücher?»

«Im Band IV steht nur etwas von S. und seinen Machenschaften. Die Texte lassen nahezu jede Interpretation zu. Und was ist, wenn Zoller diesen Androsch zielstrebig mit falschen Informationen gespeist hat?»

Gächter wurde langsam sauer: «Dann guck doch endlich in die Bücher hinein.»

«Langsam! No nis Narret's, wenn's pressiert . . .» Bienzle lächelte in sich hinein, als er die Tür zum Bühneneingang öffnete.

Zoller war nicht in seinem Gelaß unter dem Dach. Niemand hatte ihn gesehen, und man rechnete auch nicht damit, daß er noch kommen würde. Der Tag war probenfrei, und am Abend war nur die geschlossene Veranstaltung des Seestädter Reitervereins.

Bienzle und Gächter suchten Smetana. Aber auch der kleine Böhme war nicht aufzutreiben.

«Zeit zum Mittagessen», sagte der Kommissar schließlich.

Im Dominikanerkeller saß Haußmann bereits an einem runden Tisch in einer holzgetäfelten Nische. Bienzle ließ sich die Karte bringen und bestellte gespickten Rehrücken mit Rotkohl und Maronen.

Dann griff er endlich nach dem schmalen Paket.

Schweigend blätterte er den ersten Band durch. «Darin geht's nur um's Theater», sagte er, als er das Bändchen weglegte. Das gleiche stellte er beim zweiten Band fest. Als er das dritte Büchlein gerade öffnete, kam das Essen. Bienzle legte das Tagebuch aus der Hand und griff nach Messer und Gabel. Gächter wollte einstweilen das Buch zu sich hinüberziehen, aber der Kommissar herrschte ihn an:

«Laß das bitte!»

«Ist doch kindisch!» grunzte Gächter, wendete sich dann aber seiner Schweinskopfsülze und den Bratkartoffeln zu.

Erst nach dem Kaffee griff Bienzle wieder nach dem Tagebuch. Er blätterte, hielt plötzlich inne und begann langsam vorzulesen:

«Jetzt ist klar, daß der Stadtrat einer Verlängerung meines Vertrags nicht zustimmen wird. S. hat es geschafft. Er wird mein Nachfolger . . . Natürlich frage ich mich, wie das geschehen konnte. Sicher, ich habe Schwächen gezeigt, aber die waren allgemein bekannt; sie konnten erst sinnvoll gegen mich verwendet werden, als jemand ein Interesse entwickelt hatte, mich zu ‹stürzen›. (‹Stürzen›, wie das klingt – als ob ich ein Staatsmann wäre!). Er ist gewissenlos. *Er* hat sich mit Spieß zusammengetan . . .»

«Na bitte!» triumphierte Gächter.

«Langsam!» sagte Bienzle mit einem seltsamen Lächeln. Dann las er weiter:

«Spieß hat natürlich ein Interesse daran, daß ich gehen muß; seine krummen Geschäfte sind allzusehr mit Mitgliedern meines Hauses verbunden. Ich bin nicht mehr weit davon entfernt, diesen Augiasstall ausmisten zu können. Jetzt wird mir der Besen aus der Hand gewunden. Wer weiß, welche Mittel Spieß hat, den Stadtrat zu beeinflussen. Gegen soviel Korruption kommt niemand an . . .»

Bienzle blätterte langsam weiter. «Jetzt kommen wieder ein paar

Passagen über Aufführungen, Proben und so weiter . . . Hier, das scheint wieder interessant zu sein:

Zoller war immer der einzige, auf den ich mich verlassen konnte. Er hat mir erzählt, wie er kurze Zeit für Spieß geschmuggelt hat, um sich aus einer prekären Situation zu befreien; dann aber wurde er zu einem Mann, auf den Verlaß war. Ich litt mit ihm, wenn er über seine Tochter sprach, und ich haßte mit ihm, wenn er von Meisters vermeintlichen Machenschaften erzählte.»

Haußmann unterbrach Bienzle: «Bärbel Zoller sagt, sie habe ihrem Vater die Wahrheit nicht gesagt, weil er sich sonst selbst umgebracht hätte. Aber als sie dann nach Tübingen eingeliefert worden sei, habe sie ihm in einem Brief alles auseinandergesetzt. Sie glaube aber, daß er den Brief gar nicht gelesen habe oder einfach nicht glauben wollte, was dringestanden hat. Auf jeden Fall habe sich in seinem Verhalten nicht geändert.»

Bienzle nickte und blätterte weiter. Er las wieder vor:

«Es wird immer klarer. Er hat nicht nur enge Kontakte mit Dr. Spieß, er steckt selber mit drin. Möglicherweise ist er überhaupt das neue Haupt der Bande, wer hätte Z. das zugetraut?»

Der Kommissar schüttelte unwillig mit dem Kopf und wiederholte den letzten Satz noch mal. Dann fuhr er fort:

«Meister hat Zoller aufgesucht. Es muß ein hartes Gespräch gewesen sein. Meister behauptet, nichts mit Bärbels Sucht zu tun zu haben. Er habe klare Beweise für die Schuld von Zoller. Z. sagt mir, er glaube Meister kein Wort.»

Gächter und Haußmann sahen Bienzle gebannt an. Er blätterte weiter, die Stirn in zahllose Dackelfalten gelegt. «Da», sagte er, «noch ein interessanter Absatz . . .

Meister war heute da. Er will Z. heute stellen. ‹Gnadenlos›, wie er sagt . . .»

Bienzle hämmerte mit seinem gekrümmten Zeigefinger auf die Seite. «Das Datum ist der Tag von Meisters Ermordung.»

Gächter ordnete seine langen Gliedmaßen unter dem Tisch und sagte: «Na, dann wollen wir mal.»

«Was wollen wir?» fragte Bienzle.

«Den Herrn Zoller festnehmen, oder?»

«Das hat noch Zeit», sagte Bienzle.

Gächter, der den Kommissar gut genug kannte, widersprach nicht. Haußmann, der Bienzle weniger gut kannte, sagte:

«Entschuldigung, Herr Bienzle, das verstehe ich nicht ganz.»

«So. Warum nicht?»

«Es besteht doch nunmehr ein hinreichender Tatverdacht . . .»

«So, glauben Sie?»

«Sie nicht?»

«Och, ich weiß nicht . . . Mir wär 's lieber, ich hätt ein paar handfeste Beweise. Das hier –» er klopfte mit dem Knöchel auf den Deckel des Tagebuchs – «das ist noch nicht mehr als ein Verdacht, ein ziemlich diffuser sogar. Daß Meister dem Zoller die Meinung sagen wollte, beweist noch lange nicht, daß Zoller der Mörder ist, oder?»

Haußmann gab noch nicht auf. «Wenn wir ihn aber überrumpeln und in einem scharfen Verhör . . .»

«Jetzt reicht's aber!» knurrte Bienzle. «Glauben Sie denn, Zoller wäre so leicht zu überrumpeln, wenn er der hundertfach durchtriebene Mann ist, als der er jetzt erscheint? Und was heißt überhaupt ‹scharfes Verhör›, junger Mann?»

Haußmann senkte den Kopf und schwieg.

Bienzle nippte an seinem Weinglas. «Der Herr Zoller will seinen Theater-Coup haben heute abend. Nun, dann soll er ihn haben. Wir werden da sein – und zwar mit genügend Beamten, um jede Situation in den Griff zu kriegen. Und was soll passieren: Spieß ist da, schließlich ist er der Oberreiter. Spohnholz ist da, weil er der Hausherr ist, Zoller ist da, weil er spielen muß, und Smetana wird wohl auch im Hause sein – wenn er fehlt, macht er sich verdächtig.»

«Wir warten also ab und legen die Hände in den Schoß?» fragte Gächter.

«Nicht unbedingt», sagte Bienzle unbestimmt. Er zündete sich ein Zigarillo an. «Ich habe unseren Chef gebeten, das Mobile Einsatzkommando hierherzuschicken.»

«Wie bitte?» Gächter sah Bienzle entgeistert an, «das MEK? Die Djangos, die du sowieso nicht leiden kannst?»

«Ja, genau die . . . Ich stelle mir nämlich folgendes vor: Während im Theaterfoyer die große Schau abläuft, durchsuchen wir in einer Blitzaktion alle Räumlichkeiten, die auch nur entfernt mit Spieß etwas zu tun haben: seinen Reitstall, seinen Bootsschuppen, sein Wohnhaus. Durchsuchungsbefehle besorgt Häberle bei einem Seestädter Richter. Auch die Kollegen in der Schweiz wurden noch einmal um Amtshilfe gebeten . . . Ein paar Beamte brauche ich, um Zollers Wohnung zu durchsuchen, und Smetana soll nicht ungeschoren bleiben. Das alles ist personalintensiv, das seht ihr ja wohl ein, und es muß hochqualifiziertes Personal sein – die Geschichte im Bootshafen reicht mir. Deshalb brauch ich das MEK.»

Gächter sah Bienzle an: «Du hast mir kein Wort davon gesagt.» Er war sichtlich beleidigt.

«Richtig», sagte Bienzle ungerührt. «Aber bei den Durchsuchungen geht es nicht um den Mordverdacht, sondern um Beweismittel gegen den Rauschgift- und Autoschmuggler sowie gegen den Roßtäuscher

Dr. Spieß, und da ermittle ich als Kommissar des Dezernats Wirtschaftskriminalität – klar?»

Gächter erhob sich zu seiner ganzen Länge und sah auf den gedrungenen Kommissar hinab. «Schlitzohr», sagte er und griff nach seinem Trenchcoat, der über einer Stuhllehne hing.

«Was geschieht denn nun?» fragte Haußmann schüchtern.

Bienzle stemmte sich von seinem Stuhl hoch. «Wir treffen uns heute abend gegen neunzehn Uhr – dunkler Anzug, Schlips und Kragen –, um gemeinsam ins Theater zu gehen.»

«Und einstweilen?» Haußmann sah Bienzle ziemlich ratlos an.

«Machen Sie sich einen schönen Nachmittag», grinste der Kommissar.

Scheinbar ziellos streifte Bienzle durch die Stadt; wer ihn sah, mußte ihn für einen Müßiggänger halten. Er hatte ein flaues Gefühl. Immer wieder blieb er vor einem Schaufenster stehen, ohne auf die Auslagen zu achten. So mochte er zwei Stunden durch das nachmittägliche Seestadt gebummelt sein, als er plötzlich einem Taxi winkte und sich hineinsetzte.

Der Wagen hielt vor dem Häuschen von Androsch. Bienzle bat den Fahrer zu warten. Er ging mit schnellen Schritten auf die grüne, eisenbeschlagene Tür zu. Ein uniformierter Polizist lehnte an der Hauswand. Bienzle wies sich aus. Der Beamte öffnete ihm die Tür.

In dem Häuschen arbeiteten noch immer zwei Männer von der Spurensicherung. Sie kannten den Stuttgarter Kommissar und grüßten ihn.

«Nun, geht's vorwärts?» fragte Bienzle jovial.

«Es geht», sagten die beiden wie aus einem Mund.

«Kann ich mal was Geschriebenes sehen?» fragte Bienzle.

«Wie meinen Sie das?» Einer der Beamten kam aus der Hocke hoch.

«Irgendwas, was Androsch geschrieben hat. Mit der Hand.»

«Also, uns ist nichts Handgeschriebenes untergekommen», sagte einer der Beamten.

«Kein Stück?»

«Vielleicht ist was asserviert im Präsidium . . .»

Bienzle sah eine Weile auf das Bild von Ursula Ralnik, dann ging er langsam wieder hinaus zu seinem Taxi.

Im Hotel legte sich der Kommissar auf sein Bett. Immer wenn er kurz vor dem Abschluß eines Falls stand, ergriff ihn ein Gefühl der Gleichgültigkeit, ja, der Lethargie. Er hatte noch nie so etwas wie Triumph empfunden, wenn er einem überführten Täter die Handschellen anlegte. So hatte er allerdings auch nur selten den Fehler gemacht, im Übereifer eine Aktion zu überhasten. Sein Phlegma und seine Gleichgültigkeit, wenn die Fäden einmal geknüpft waren, halfen ihm, den letzten Akt eines Kriminalfalls gelassen und geradezu desinteressiert zu erleben.

Heute wollte sich dieser Zustand, diese Distanz zur eigenen Arbeit, nicht so leicht einstellen. Es gab zu viele Unwägbarkeiten, zu viele verschiedene Möglichkeiten. Zudem fehlte Bienzle noch ein letztes Steinchen in seinem Puzzle. Er wußte, wo er es finden würde, aber er wollte noch warten.

Eine Weile betrachtete er Staubkörner, die in einem Lichtbalken tanzten, der schräg durch das schmale Fenster fiel. Er dachte an Hanna, seine Frau, und schob den Gedanken schnell wieder von sich. Er dachte an Ursula Ralnik, verdrängte aber auch diese Gedanken schnell. Er wollte sich auf keinen Fall ablenken lassen. Er rauchte ein Zigarillo und schaute den Rauchwölkchen nach. Er war froh, als es an seiner Tür klopfte und Gächters Stimme vom Korridor her zu ihm drang: «Es wird langsam Zeit, Ernst.»

Bienzle stand auf, duschte und kleidete sich sorgfältig an. Der dunkle Anzug war ihm zu eng. Er ließ den obersten Hosenknopf offen und verzichtete auf die Weste, die sich nur mit Mühe über seinem Bauch schließen ließ. Die Jacke war zum Glück weit geschnitten, weil sie für sein Schulterhalfter berechnet war. Der Kommissar schnallte das «Kummet» um, wie er das Halfter nannte. Dann schnallte er es wieder ab. Was sollte ihm heute eine Waffe nutzen?

Bevor er hinunterging, rief er den Präsidenten des Landeskriminalamtes in Stuttgart unter dessen privater Nummer an.

«Ach, du bist's», sagte Hauser; «was Neues?»

«Ich denke, daß wir den Fall abschließen können. Heute noch.»

«Du hast also den Täter?»

«Nein.»

«Aber du kennst ihn?»

«Ich denke.»

Hauser fragte nicht weiter. Er kannte das. In dieser Phase eines Falls verliefen Gespräche mit Bienzle immer ähnlich. «Wir haben 32 Mann MEK geschickt», sagte er.

«Danke.»

«Noch was?»

«Ja. Ich betrachte das hier als eine Art . . . Bewährungseinsatz.»

«Wie bitte?»

«Ich kann im Bereich Wirtschaftskriminalität nicht allzuviel leisten, zumindest nicht so viel, wie bei der Mordkommission.»

«Du hast auch bei der Wirtschaftskriminalität eine Menge geschafft.»

«Ich will zurück in meinen alten Job.»

«Das kann ich dir nicht versprechen, Ernst. Du weißt, deine Extratouren . . . Sogar im Innenministerium hast du die Leute verärgert. Bis zur Steinzeit zurück.»

«Da sind die ja auch zu Hause.»

«Laß dich deine Wut oder verschieb sie», sagte Hauser freundlich.

«Ich will zurück zur Mordkommission oder ich steig ganz aus!»

Jetzt wurde Hauser ärgerlich. «Du kennst mich gut genug, um zu wissen, daß ich mich nicht erpressen lasse!»

«Es ist mein Ernst», sagte Bienzle und zündete sich mit der freien Hand nervös ein Zigarillo an. «Ich liefere dir noch heut den Mörder und die ganzen Ganoven, die den illegalen Pferdemist bauen, dazu einen Rauschgiftring und womöglich noch das eine oder andere . . . Ich will, daß das anerkannt wird.»

«Wir reden Anfang nächster Woche darüber», sagte Hauser.

«Sie kennen jetzt meine Bedingungen, Herr Präsident», sagte Bienzle und legte auf, ehe Hauser entgegnen konnte.

Es war kurz nach sieben, als Bienzle und Gächter beim Theater eintrafen. Im Foyer drängelten sich die Leute. Zwischen den Pfeilern waren Stuhlreihen aufgestellt. An der Stirnseite des Raums hatte Zoller seine Bühne aufgebaut. Rechts daneben standen auf einem Podium die Instrumente einer Tanzkapelle herum. Links und rechts an den Längswänden waren zwei Bars installiert, um die sich die Menschen drängten, als ob es etwas umsonst gäbe. Die Stimmung wirkte gewollt fröhlich.

Bienzle zwängte sich durch schnatternde Menschengruppen. Das erste bekannte Gesicht, das er sah, gehörte Ursula Ralnik. Sie war in ein Gespräch mit einem schlanken, weißhaarigen Mann vertieft, der ein grünes Smoking-Jackett trug. Bienzle nickte ihr zu, fing ihren Blick auf und hielt ihn eine Weile fest. Da spürte er eine Hand auf seiner Schulter.

Er fuhr rasch herum. Zu rasch, was seine Nervosität verriet.

«Schön, daß Sie gekommen sind», sagte der Intendant. Sein Gesicht zeigte Wohlwollen und Freundlichkeit. Seine Augen straften seine Mimik Lügen.

«Ob es schön ist, daß ich gekommen bin, muß sich noch herausstellen», sagte Bienzle kalt. «Ich muß Sie übrigens bitten, noch vor Beginn der Vorstellung mit mir für ein paar Minuten in Ihr Büro zu kommen.»

«Ausgeschlossen! Ich bin der Hausherr und Gastgeber hier.»

«Und ich ermittle in zwei Mordfällen», sagte Bienzle. Er schaute auf seine Uhr: «In zwanzig Minuten . . .» Damit ließ er Spohnholz stehen.

Der Schauspieler Zeck kam auf Bienzle zu. Er trug ein weißes Seidenhemd, das bis zum Hosenbund offen war; auf der nackten Brust blitzte ein Kreuz, das an einer silbernen Kette hing.

«Wie geht es Ihnen?» fragte er aufgeräumt.

«Danke der Nachfrage, schlecht», sagte Bienzle bissig.

«Irgendwelche neuen Erkenntnisse?»

Bienzle überlegte einen Augenblick, dann sagte er: «O ja; heute abend verhafte ich den Mörder.»

Zeck lachte, als ob dies ein guter Witz wäre, trollte sich dann aber schnell, und schon bald konnte Bienzle beobachten, wie er sich in immer neue Menschengruppen drängelte, um zu erzählen, was er gerade erfahren hatte. Die Leute, zu denen Zeck trat, schauten schon kurze Zeit danach verstohlen zu Bienzle herüber. Er tat so, als ob er es nicht bemerke.

Häberle stand mit seiner Frau an der Bar und trank Sekt.

«Endlich kann ich dich meiner besseren Hälfte vorstellen», rief er fröhlich und legte seinen Arm um die fleischigen nackten Schultern einer kleinen dicken Frau.

Bienzle verbeugte sich leicht und murmelte: «Ich freu mich.»

Die Frau strahlte über ihr ganzes feistes Gesicht, das früher einmal hübsch gewesen sein mußte. «Mein Mann hat mir so viel von Ihnen erzählt, Sie Nesenbach-Maigret . . .» Dabei drohte sie ohne ersichtlichen Grund mit dem dicken Zeigefinger.

«Soso . . .»

Bienzle sah Häberle an, der entschuldigend die Schultern hob.

«Es tut mir leid», sagte Bienzle und hängte noch ein «liebe-gnädige-Frau» dran; dann verdrückte er sich.

«Ein reizender Mensch!» rief Frau Häberle so laut, daß es Bienzle noch hören mußte.

Es war kurz nach halb acht Uhr, als sich der Kommissar hinter die schmale Puppenbühne zwängte. Zoller saß schweißüberströmt auf einer hohen Kiste, vor sich ein dunkles Heft. Er las die Dialoge ab und sprach sie tonlos vor sich hin, während er die Puppen auf seinen Knien tanzen ließ.

Bienzle griff schnell nach dem Heft. Er warf einen Blick auf den schreibmaschinengeschriebenen Text und legte es wieder hin.

«Geduld!» lächelte Zoller. «Sie werden alles früh genug erfahren.»

«Wird es denn auch die Wahrheit sein?» fragte Bienzle und sah in die tiefschwarzen Augen des Puppenkomödianten.

«Was ist Wahrheit?» Zoller legte seine Puppe zur Seite. Sie hatte die Züge von Intendanz Spohnholz.

Langsam nahmen die Leute in den Stuhlreihen Platz. Es mochten zweihundert oder ein paar mehr sein. Dr. Spieß, der müde und übernächtigt wirkte, nahm mit seiner Frau in der ersten Reihe Platz, daneben Spohnholz, der ebenfalls in Begleitung seiner Frau erschienen war. Bienzle lehnte an der Wand und suchte die Reihen ohne Hast nach bekannten Gesichtern ab. Ursula Ralnik saß im hinteren Drittel, ebenso der Schauspieler Zeck, der sich angeregt mit einem schmalen jungen Mann unterhielt, der dicht bei ihm saß. In der fünften Reihe konnte der Kommissar die Kostümbildnerin entdecken, die von einer Gruppe von Leuten umgeben war, die offensichtlich alle zusammen gehörten. Dort saß auch Smetana. Bienzle beobachtete, wie der kleine Fundusverwalter mit einem jungen Mädchen verhandelte, das ganz außen in der Reihe saß; schließlich tauschte sie mit ihm den Platz.

Der Kommissar sah auf die Uhr. In fünf Minuten sollte das Spektakel mit einer Begrüßungsansprache von Dr. Spieß beginnen. Es war Zeit, sich um Spohnholz zu kümmern. Bienzle schritt langsam die Reihen entlang nach vorn, ging dann auf Spohnholz zu und sagte:

«Ich brauche Sie für fünf Minuten, Herr Intendant.»

«Ich sagte Ihnen, daß das ausgeschlossen ist.»

Dr. Spieß hatte den Kopf gehoben und starrte nun angestrengt zu den leise tuschelnden Männern hinüber.

«Es geht darum, hier einen möglichen Skandal zu vermeiden», sagte Bienzle unbeirrt. «Zu Beginn der Ansprache sind Sie wieder da.»

«Also gut!» Das Gesicht des Intendanten war verkniffen. Er stürmte auf eine schmale Tür an der Stirnseite des Foyers zu; Bienzle konnte kaum folgen. Über zweihundert Augenpaare verfolgten den überstürzten Abgang der beiden. Im Saal erhob sich ein Geraune, das langsam wieder abebbte, als die Musiker hereinkamen und auf dem kleinen Podium neben der Puppenbühne Platz nahmen.

Im kahlen Büro des Intendanten fuhr Spohnholz auf Bienzle zu wie eine wütende Schlange:

«Es ist absolut unzumutbar . . .»

Bienzle sah dem Intendanten ins Gesicht und sagte: «Es gibt Leute, die sagen, Sie seien verdächtig, Meister und Androsch ermordet zu haben.»

Spohnholz verlor augenblicklich die Sprache.

Bienzle fuhr unbarmherzig fort: «Durch Intrigen und Machenschaften seien Sie Herr dieses Büros geworden, sagen diese Leute; Sie hätten gnadenlos alle Freunde Androschs entlassen. Und diejenigen, die Sie behalten haben, müßten noch heute dafür bezahlen . . . Ihnen wird noch mehr unterstellt – zum Beispiel, Sie seien in den internationalen Rauschgifthandel verwickelt.»

Spohnholz griff sich an die Brust und taumelte gegen seinen mächtigen Schreibtisch.

Bienzle grinste. «Na, na, na – Sie sind doch kein Schmierenkomödiant . . . Nicht nur Sie, auch andere sind verdächtig, und je schneller ich Beweismittel finde, um so rascher sind Sie entlastet – oder überführt.»

«Was . . . Was . . . Was wollen Sie von mir?» stammelte Spohnholz.

«Ich muß die Personalakte Zoller einsehen.»

«Zoller?»

«Ja. Noch ein Verdächtiger.»

«Sie müssen wahnsinnig sein!»

«Och, eigentlich fühl ich mich ganz wohl.»

Spohnholz fingerte umständlich nach seinem Schlüsselbund; schließlich fand er ihn unter einer Unterschriftenmappe auf seinem Schreibtisch. Er wählte mit zitternden Fingern einen Schlüssel und sperrte einen Stahlschrank auf. Er zog eine Hängeregistratur heraus und griff sich die letzte Mappe.

«Das muß Zoller sein – er ist der letzte im Alphabet.»

Bienzle nahm Spohnholz die Mappe aus der Hand, drehte sie um neunzig Grad und las die Aufschrift. «Das ist die Personalmappe von Zeck.»

«Was ist?» Spohnholz wirkte abwesend.

«Nicht Zoller, sondern Zeck», sagte Bienzle unwirsch.

Spohnholz fingerte alle Mappen durch. Es mochten fünfzig oder sechzig sein. «Die Mappe ist verschwunden . . .» sagte er dann heiser.

«Oh, du liabs Hergöttle von Biberach, wia dent di d'Mucka verschissa!» stöhnte Bienzle.

Spohnholz schaute gehetzt auf seine Armbanduhr. Es klopfte. Fräulein Schatz steckte ihren Kopf durch die Tür:

«Die da unten möchten anfangen . . . Wo bleiben Sie denn?»

«Einen Augenblick noch», sagte Bienzle; «wissen Sie, wo die Personalakte Zoller ist?»

«Nein», sagte Fräulein Schatz und bekam ein kämpferisches Gesicht. «Und ich wüßte auch nicht, was Sie das angehen würde.»

«Schätzchen!» ermahnte Spohnholz.

«Lag der Schlüssel immer auf dem Schreibtisch?» fragte Bienzle den Intendanten.

«Es scheint so. Ich muß vergessen haben, ihn einzustecken.»

«Sagen Sie denen, sie sollen schon mal anfangen», bestimmte Bienzle und drückte die Tür sanft gegen den Widerstand von Fräulein Schatz ins Schloß.

Der Intendant wagte keinen Widerspruch mehr.

«Gibt es hier im Hause ein Schriftstück in der Handschrift Ihres Vorgängers?»

«Androsch?»

«Ja.»

«Ich weiß nicht. Sicher nicht ... Oder, warten Sie ... Natürlich! Er hat doch immer alle Textbücher vollgemalt mit Anweisungen ans ganze Ensemble.» Spohnholz riß die Tür auf und brüllte: «Schätzchen ...»

Aber Fräulein Schatz war bereits wieder auf dem Weg ins Foyer.

«Beschaffen Sie mir so ein Textbuch!» sagte Bienzle.

Der Intendant kniete sich im Sekretariat vor einen niedrigen Schrank und zog ein Paket schmaler Bücher heraus. Mit fliegenden Händen blätterte er eines nach dem anderen durch; sobald er mit einem Heft fertig war, warf er es hastig über die linke Schulter hinter sich. Es bildete sich ein Häufchen. Ein Haufen ... «Hier – na endlich!» Spohnholz seufzte erleichtert. «Ich hab eins ... Sehen Sie, das ist typisch für ihn – er hat überall Randnotizen gemacht. Das ist ein Textbuch, das er für die Kostümbildnerin vorbereitet hat. Hier hat er sogar ein Gedicht vorn reingeschrieben.»

Bienzle las:

Ein Regisseur kommt leicht in Rage,
stimmt etwas nicht mit der Kledasche;
doch manchmal ändert sich der Fakt,
dann ist die Rolle aber – nackt!

Bienzle lächelte. Er zog aus seiner Rocktasche eines der Tagebücher und verglich. Schließlich nickte er zufrieden und sagte: «Ich möchte Sie nicht länger aufhalten, Herr Intendant.»

Spohnholz richtete sich auf und sah Bienzle starr an. «*Sie* sind ein Schmierenkomödiant!» murmelte er.

Bienzle ließ sein Lächeln auf dem Gesicht stehen. «Ich wüßte niemand, der dies besser beurteilen könnte als Sie.»

Wütend verließ Spohnholz sein Büro und ließ Bienzle stehen.

Die Hängeregistratur stand noch immer offen. Bienzle ging hinüber und ließ die Aktendeckel durch seine Finger gleiten. Für einen Moment zog er die Personalakte Ursula Ralnik heraus, hielt sie unschlüssig in den Händen und ließ sich dann in die Schiene zurückgleiten.

«Bienzle, paß bloß auf dich auf!» sagte er leise und verließ das Intendanzbüro.

Auf dem Weg zum Foyer begegnete er dem Kriminalassistenten Haußmann, der ihm schon vom Treppenabsatz aus zurief:

«Zwei Mann vom MEK sind da!»

«Immer langsam», sagte Bienzle. «Was tut sich im Foyer?»

«Spieß redet noch. Ziemlich unkonzentriert übrigens.»

«Kein Wunder!» Bienzle grinste. «Und was sagen die Kollegen von der schnellen Truppe?»

Ein hochaufgeschossener junger Mann in einem knappsitzenden braunen Lederblouson erschien hinter Haußmann. Schmales, scharf geschnittenes Gesicht. Draufgängertyp. «Inspektor Hornung», stellte er sich vor. «Kann ich berichten?»

«Wenn's schnell geht», sagte Bienzle, und zu Haußmann: «Wenn der Zoller unten anfängt, holen Sie mich.»

Bienzle und der MEK-Mann stiegen die Treppe wieder hinauf und traten in Spohnholz' Zimmer.

«Nun?» fragte Bienzle und ließ sich in dem bequemen Intendantensessel nieder.

«Wir haben alles, was Sie brauchen, um diesen Spieß für mindestens zehn Jahre einzulochen.»

«Langsam, langsam», sagte Bienzle; «nicht ich, sondern irgendein Richter wird ihn einlochen müssen . . . Wer war bei der Hausdurchsuchung anwesend?»

«Sie meinen, von seiten des zu Durchsuchenden?»

«Wenn Sie es so ausdrücken wollen . . .»

«Nun . . .» Der junge Inspektor zögerte. «Niemand.»

«Tz, tz, tz», machte Bienzle.

«Aber, Herr Hauptkommissar!» empörte sich Hornung. «Sie selbst haben doch . . .»

«War ein Staatsanwalt dabei?»

«Ja.»

«Sie wissen, daß der zu Durchsuchende das Recht hat . . .»

«Ich weiß. Aber Sie selbst meinten doch, daß Gefahr im Verzug sei.»

«Mhm . . .» machte Bienzle. «Hat sich das bestätigt?»

«Das will ich meinen.»

«Na, Gott sei Dank», lächelte Bienzle. «Ich will nämlich befördert werden, und da kann ich mir keinerlei Extratouren leisten.»

Der junge Polizist sah den Nesenbach-Maigret verstört an. Das sollte nun also der Mann sein, von dem man sich in Stuttgart gelegentlich Wunderdinge erzählte?

«Starren Sie mich nicht an, berichten Sie», sagte Bienzle barsch.

Der Mann vom Mobilen Einsatzkommando zog einen Zettel aus der Tasche und deklamierte: «2,5 Kilogramm reines Kokain, 6 Kilogramm Heroin, 120 Kilogramm Haschisch, falsche 50-Dollar-Noten im Gegenwert von 250000 Mark, nach ersten Vergleichen in Genua hergestellt ...»

«Aha», sagte Bienzle; «deshalb die Fahrten hin und zurück nach Italien und in die Türkei.»

«... außerdem eine exakte Aufstellung aller getätigten Geschäfte in den letzten beiden Jahren.»

«*Nein!*» Bienzle brüllte es beinahe.

«Ja, sowie genaue Aufstellungen über Versicherungsabrechnungen beim Tod diverser Pferde, und dazu Unterlagen, die möglicherweise über illegale Handlungen in diesem Zusammenhang Auskunft geben.»

«I glaub, i schpinn!» rief Bienzle.

«Das wär's», sagte der Mann vom MEK lakonisch.

«Nur eine Frage», sagte Bienzle fast atemlos: «Wo war all das Zeug – im Haus von Spieß?»

«Nein, in seinem Bootsschuppen. In einem Tresor, der dort im Betonsockel eingelassen ist.»

«Wollen Sie mich auf den Arm nehmen?»

«Aber Herr Hauptkommissar!» Der Draufgängertyp grinste plötzlich. «Nee ...» sagte er gedehnt; «wir haben einen Tip bekommen.»

«Einen Tip, so ... Von wem?»

«Es wäre vielleicht besser, wenn Sie mich nicht fragen.»

Bienzle schaute den jungen Mann an, dann trat er dicht an ihn heran. «Ich frage Sie aber.»

Der MEK-Mann schob sich mit einer lässigen Bewegung, die Bienzle übel vermerkte, eine Zigarette zwischen die Lippen. «Der Schuppen wurde von zwei Männern bewacht, Sporttaucher oder so etwas in der Art ...»

«Aha! Denen bin ich vielleicht mal begegnet.»

«Wir haben sie überrascht, und einer der Kollegen hat sich erinnert, daß Sie, Herr Kommissar, in einem Bericht von zwei Tauchern ...»

«Ich schreibe nie Berichte vor Abschluß eines Falls, und auch dann nur höchst ungern.»

«Na ja, dann haben Sie eben davon erzählt. Auf jeden Fall hat der Kollege davon gewußt, und ...» Er machte eine unbestimmte Handbewegung und ließ den Satz in der Luft hängen.

«Und dann haben Sie gesagt: ‹Freundchen, pack aus, oder ...›?»

«Nun ja ...» Dem jungen Polizisten wurde unbehaglich.

«Ihr habt sie laufenlassen?»

«Schwimmen lassen», sagte der Beamte mit einem unsicheren Grinsen.

«Davon will ich nichts gehört haben; bei uns gibt's keine Kronzeugen mit Verschonung, und schon gar nicht kann die Polizei welche dazu ernennen!»

«Ich weiß», sagte der MEK-Beamte kleinlaut.

«Im übrigen», grinste Bienzle, «werde ich Sie an höherer Stelle lobend zu erwähnen wissen.»

«Danke», sagte der andere und klappte doch tatsächlich die Hacken zusammen.

Haußmann und Gächter standen am Fuß der Treppe und erwarteten den Kommissar.

«Wie sieht's aus?» fragte Gächter.

Bienzle hob die breiten Schultern. «Die Tagebücher, die wir haben, hat Androsch auf jeden Fall nicht selbst geschrieben.»

«Fälschungen?»

«Ich nehme an, irgendwer hat sich die Mühe gemacht, alle vier von Hand abzuschreiben und dabei bestimmte Teile leicht zu verändern.»

«Ganz schöner Aufwand», meinte Gächter.

«Es ging ja wohl auch um eine Menge Geld. Und um die Gefahr, entdeckt zu werden.»

«Aber wer ist an die Bücher herangekommen?» fragte Haußmann.

«Zoller auf jeden Fall, aber natürlich auch der Mörder.»

«Wenn Zoller nicht auch der Mörder ist!»

«Ganz recht», brummte Bienzle.

«Mir ist übrigens aufgefallen», sagte Haußmann eifrig, «daß in den Passagen, die Sie vorgelesen haben, die Kürzel fehlen.»

«Stimmt», sagte Bienzle; «der Nachschreiber hat ziemlich geschludert. Er muß es eilig gehabt haben.»

«Was nicht gerade dafür spricht, daß es Zoller war», warf Gächter ein. «Denn der hatte doch bei Androsch genügend Möglichkeiten.»

Aus dem Foyer drang Beifall herauf.

«Was ist der nächste Programmpunkt?» erkundigte sich Bienzle.

«Ansprache des Intendanten», sagte Haußmann.

Bienzle setzte sich unvermittelt auf eine Treppenstufe und stützte den Kopf in beide Hände. Seine Stimme klang dadurch gepreßt. «Wir wissen jetzt», sagte er bedächtig, «daß Spieß eine sehr funktionstüchtige Organisation unterhielt. Er bediente sich dabei geschickt des Theaters. Die Truppe spielt regelmäßig in Österreich und in der Schweiz und eignet sich außergewöhnlich gut als Tarnung für Schmuggelgut. So wie Zoller Rauschgift in den Puppen über die Grenze gebracht hat, können alle möglichen Dinge, Falschgeld zum Beispiel oder Waffen oder was weiß ich, hin- und hergeschoben worden sein.»

«Spieß und Spohnholz kennen sich seit langer Zeit», warf Gächter ein. «Spieß soll sogar daran gedreht haben, daß Androsch gehen mußte und Spohnholz sein Nachfolger wurde.»

«Woher weißt du das?» Bienzle sah den Kollegen aus zusammengekniffenen Augen an.

«Hab ich beim Rumfragen erfahren», sagte Gächter unbestimmt und sah mit einem schiefen Lächeln auf Bienzle hinunter, der noch immer auf der Treppe hockte.

Bienzle kratzte sich in seinem dichten Haargestrüpp. «Der Brief», sagte er, «kann nur von einem Theatermann sein. Wer würde sonst ‹Gage› schreiben?»

«Einer, der eine falsche Spur legen will?» Haußmann hatte sich ein wenig vorgebeugt, um Bienzle ins Gesicht sehen zu können.

«Zwei Morde», sagte Bienzle sehr leise und wie zu sich selbst; «und wie viele Mörder?» Er stand ächzend auf. «Ich muß wissen, wer die Tagebücher abgeschrieben hat.»

«Im Zweifel hat er ja die Schrift verstellt.»

«Niemand kann seine Handschrift so verstellen, daß man sie nicht am Ende doch erkennt. Vor allem, wenn es sich um so lange Texte handelt.»

«Schon», sagte Gächter, «aber um rauszukriegen, wer's nun wirklich war, brauchen wir einen Sachverständigen.»

«Haben wir aber nicht», sagte Bienzle lakonisch.

«Dann müssen wir's eben anders versuchen.»

«Aber wie denn?» Haußmann klang ratlos.

Der lange Gächter sah den jungen Kollegen an. «Da können Sie vielleicht mal was lernen.»

«Gehen wir», sagte Bienzle, «sonst verpassen wir noch die Vorstellung.»

Als sie das Foyer betraten, sangen eine Sopranistin und ein Tenor, begleitet von einer Hammondorgel, das Duett ‹*Wer uns getraut*›. Der Kommissar verzog das Gesicht und drückte sich in den Schatten neben der Puppenbühne.

Nach dem Duett öffnete sich der Vorhang des Marionettentheaters. Die soeben verklungene Musik erklang erneut, diesmal aber von einem Tonband, und zwei Puppen schwebten an die Rampe der Minibühne. Sie waren genauso angezogen wie das Sängerpaar und imitierten nun zur Musik vom Tonband die beiden Solisten. Selbst Bienzle mußte lachen.

Es folgten Sketchs, in denen der Intendant und der Bürgermeister über Kulturpolitik dikutierten und schließlich gemeinsam dafür eintraten, die städtische Kläranlage auszubauen. Ein Zeitungsverleger wurde in Knittelversen auf den Arm genommen, eine Persiflage auf die Seestädter Faßnachtsnarren und ihren Fasnachtsbierernst folgte.

Das Publikum amüsierte sich königlich.

Dann ging für einen Moment das Licht aus. Als die Punktstrahler die Bühne wieder ausleuchteten, erklang die Titelmusik zu einem Fernsehkrimi.

Eine Puppe erschien, die eindeutig die Züge von Dr. Spieß trug, daneben die von Spohnholz.

«Schönes Fest, daß Sie da inszeniert haben», sagte Spohnholz, triefend vor Freundlichkeit.

«Ist ja doch auch Ihr Verdienst, mein Lieber», antwortete Spieß.

«Es war eben wie immer . . .» Spohnholz deutete eine Verbeugung an.

«. . . ein nahtloses Zusammenspiel zu unserer aller Bestem, nicht wahr?»

Einzelne Lacher im Publikum, aber man hörte auch die aufgeregte Stimme des Intendanten: «Was soll denn der Unsinn, Zoller?»

Die Spohnholz-Puppe warf ein Bein elegant über die schmale Bühnenrampe und machte es sich bequem. «Ja, was soll das, Zoller?» äffte sie den Zuruf des Intendanten nach und schaute nach oben. Für einen Augenblick riß ein Scheinwerfer Zollers Kopf über der Bühne aus der Dunkelheit. Er hatte sein Gesicht weiß geschminkt und sagte ernst:

«Einen Jux will ich mir machen – weiter nichts . . .» Sofort erlosch das Licht wieder.

Das Publikum klatschte begeistert.

Die Spieß-Puppe setzte sich auf einen schmalen Sessel und fragte: «Wie gehen die Geschäfte?»

«Nun, je leichter die Ware, um so leichter ist sie an den Mann zu bringen», sagte Spohnholz mit öliger Stimme.

Einzelne Lacher im Publikum.

«Ich denke, Sie spielen auch Brecht?» sagte Spieß.

«Stimmt. ‹*Den guten Menschen von Sezuan*›.»

«Seltsam.»

«Warum seltsam?»

«Daß Sie dieses Stück . . .» Die Spieß-Puppe brach ab, denn nun kam eine Nachbildung des Puppenspielers auf die Bühne. Mit gesenktem Kopf deklamierte sie:

«Wer den Verlorenen hilft, ist selbst verloren. Denn wer könnte lang sich weigern, böse zu sein, wenn da stirbt, wer kein Fleisch ißt?»

«Was 'n das?» fragte die Spieß-Puppe und hob mißtrauisch den Kopf. Spohnholz hob das hölzerne Händchen vor den Mund. «Psst! Das ist Brecht – Shen Te aus ‹*Sezuan*›!»

Die Puppenspielergruppe fuhr fort: «Aus was sollte ich nehmen, was alles gebracht wurde? Nur aus mir? Aber dann kam ich um. Die Last der guten Vorsätze drückte mich in die Erde . . .» Die Puppe kam an die

Rampe und beugte sich vor; die ausgestreckte kleine Hand zeigte ins Publikum: «Etwas muß falsch sein an eurer Welt. Warum ist auf die Bosheit ein Preis gesetzt?»

«Stark, dieser Brecht – nicht wahr?» sagte die Spohnholz-Puppe zu Spieß.

«In der Tat.»

Der Puppenspieler richtete sich auf und hob beide Ärmchen zum Himmel:

«Zuschauer wisse, die Hauptstadt von Sezuan,
in der man nicht zugleich gut sein und leben kann,
besteht nicht mehr, sie mußte untergehn,
doch gibt's noch viele, die ihr ähnlich sehn.
Tut einer Gutes dort, frißt ihn die nächste Maus,
die Untat aber zahlt sich dorten aus.
Zuschauer, du wohnst selbst in solcher Stadt;
bau sie schnell um, eh sie dich gefressen hat . . .»

Es war still geworden im Foyer des Seestädter Theaters.

Die Intendanten-Puppe sagte: «Da sehen Sie, wie aktuell Brecht auch heute noch ist.»

«Imponierend», antwortete Spieß.

«Nicht wahr?» sagte die Zoller-Puppe.

«Allegorisch», sagte Spohnholz.

«Und die Geschäfte gehen?» fragte Zoller.

«Ja, danke», sagte Spieß.

«Die mit dem Gift und die mit dem Tod?»

«Beide», sagte die Spieß-Puppe.

«Zeit, daß einer das Geschäft der Gerechtigkeit betreibt. Oder das der Rache.»

Es wurde unruhig im Saal.

Die Puppenspielerpuppe kam wieder an die Rampe. «Der Mensch, der seinen nächsten blind versehrt / zum Krüppel macht, am End zerstört / muß Aug um Aug und Zahn um Zahn / das fühlen, was er selbst getan . . .»

«Das ist aber nicht mehr Brecht», sagte die Spohnholz-Puppe spitz.

«Das spielt auch nicht in Sezuan.»

«Ich hör mir das nicht länger an», sagte die Spieß-Puppe und erhob sich.

Die Zoller-Puppe lachte: «Nicht nur bei Brecht / sind manche Menschen meistens schlecht / Seht euch zum Beispiel diese an . . .» die Puppe deutete nun auf Spieß und Spohnholz im Publikum: «Die stammen auch aus Sezuan!»

Bienzle stieß sich von der Wand ab und machte einen Schritt nach vorn. Neben ihm war Gächter. Das gab dem Kommissar wie immer ein beruhigendes Gefühl der Sicherheit.

«Auf Spieß achten!» raunte Bienzle. «Schluß jetzt!» rief der Intendant aus der ersten Reihe.

Der Puppenintendant an der Bühnenrampe nahm den Zuruf wieder auf. «Ja, haben Sie gehört da oben? Schluß jetzt!»

Wieder erschien das Gesicht des Puppenspielers im Licht: «Noch nicht . . .» Eine neue Puppe kam auf die kleine Bühne.

Bienzle sagte laut: «Ja, jetzt so ebbes – jetzt kann i gar nimmer!»

Die Puppe war mittelgroß, gedrungen, mit deutlich sichtbarem Bauchansatz. Der Kopf war zu groß, ein wenig dick, beherrscht von einem eckigen Kinn, einer hohen Stirn und überdimensionalen wirren Augenbrauen. «Ja, jetzt so ebbes, jetzt kann i gar nimmer», ahmte die Puppe in schlechtem Schwäbisch nach.

Kein Zweifel, Zoller hatte Bienzle als Marionette auf die Bühne gebracht . . . Die Kommissar-Puppe ging auf Spohnholz zu und sagte: «Alles, was Sie ab jetzt sagen, kann gegen Sie verwendet werden!»

Im Publikum lachten ein paar Leute. Spieß sprang auf.

«Ich verhafte Sie wegen des Mordes an Stephan Androsch», sagte die Puppe.

Für einen Augenblick herrschte lähmende Stille im Saal.

«Licht!» brüllte Bienzle.

Aber es geschah nichts.

«Licht!» brüllte Bienzle noch einmal.

«Geht nicht», kam eine Stimme von hinten.

Gächter war mit wenigen Schritten bei der Puppenbühne. Er schaltete die Punktstrahler ein, die Zoller aus der Dunkelheit rissen.

Bienzle vertrat im Halbdunkel Dr. Spieß den Weg und sagte:

«Tut mir leid, daß wir hier so stören, aber ich muß Sie verhaften.»

Der einstige Arzt trat zwei Schritte zurück und griff unter sein Jacket. Er zog eine Pistole hervor, drehte sich um die eigene Achse, hob den Arm und zielte auf das weiße Gesicht Zollers, das wie eine Theatermaske über der kleinen Bühne hing.

Haußmann kam von der anderen Seite und schlug Spieß die Waffe aus der Hand. Gächter hob sie auf.

«Die war noch nicht mal entsichert», sagte er mißbilligend.

«Meine Damen und Herren . . .»

Aber Bienzle drang nicht durch. Es herrschte ein wildes Durcheinander. Stühle fielen krachend um, Frauen kreischten. Endlich ging das Licht an und beleuchtete das Chaos. Die Menschen drängten auf die Ausgänge zu, andere stemmten sich dem Strom entgegen und hoben sich auf die Zehen, um besser sehen zu können, was an der Stirnseite des Saals vor sich ging.

«Meine Damen und Herren . . .» brüllte Bienzle erneut.

Jetzt war der Intendant neben ihm und donnerte in den Saal: «Ich bitte um Ruuu-hääh . . .» Seine Stimme trug besser als die des Kommissars. Langsam wurde es still.

Bienzle trat einen Schritt vor. Er schwitzte. «Wir bedauern diese Vorgänge außerordentlich», sagte er und sah sich hilfesuchend um, aber sowohl Gächter als auch Haußmann waren ein paar Schritte zurückgetreten; Bienzle stand allein vor dem Publikum, das sich langsam wieder im Foyer sammelte.

«Es könnte Ihnen vorkommen wie . . . Nun, wie absurdes Theater . . .» Bienzle versuchte zu lächeln. «Ich verstehe nicht viel davon», sagte er entschuldigend. «Es war nicht unsere Absicht, diese Veranstaltung in dieser Weise zu stören. Dennoch bitte ich Sie um Verständnis, wenn die Polizei die Veranstaltung an dieser Stelle abbrechen muß. Ich . . .» Er zögerte. «Ich wünsche Ihnen einen guten Nachhauseweg!»

Er ging mit schnellen Schritten zu Haußmann und zischte: «Ist dafür gesorgt, daß Smetana und Zoller nicht weggehen?»

Haußmann nickte. «Zwei Kollegen bringen sie ins Intendanzbüro.»

Der Saal leerte sich langsam. Zurück blieb ein Chaos. Umgestürzte Stühle, wirr ineinander verhakt, Sektgläser, halb aufgegessene Sandwiches. Ein Musiker spielte noch ein paar Takte auf dem Baß und packte dann als letzter der Band sein Instrument ein. Schließlich blieben nur Spohnholz, dessen Frau, der mit Handschellen gefesselte Spieß, Bienzle, Gächter und Haußmann zurück.

Spieß fand als erster die Sprache wieder. «Das wird Sie Ihren Posten kosten, Kommissar!»

Bienzle drehte sich müde um: «Eines Tages mache ich eine genaue Aufstellung all der Fälle, in denen der Verhaftete genau diesen Satz gesagt hat, sobald er die Handschellen um hatte.»

«Es ist doch schwachsinnig anzunehmen, ich hätte Androsch . . .» fuhr Spohnholz aufgeregt dazwischen.

«Ja, ja», sagte Bienzle gelangweilt; «bis jetzt hat aber niemand außer einer Puppe behauptet, Sie hätten es getan . . .» Dann wandte er sich an Spieß: «Nehmen wir mal an, uns wäre der Inhalt eines Safes im Betonsockel Ihres Bootsschuppens bekannt – glauben Sie nicht, daß das Grund genug . . .»

«Ich will einen Anwalt!» bellte Spieß.

«Das ist der Satz, der am zweithäufigsten von den Leuten gebraucht wird, die wir gerade festgenommen haben.» Bienzle lächelte ohne einen Hauch von Fröhlichkeit. Dann sagte er zu zwei Beamten, die an der Tür erschienen: «Abführen, den Mann!»

«Wo ist meine Frau?» rief Spieß noch in den hallenden leeren Saal hinein.

«Gegangen», sagte Gächter lakonisch.

Im Intendanzbüro warteten Smetana und Zoller, bewacht von zwei uniformierten Beamten und zwei Angehörigen des MEK. Bienzle schickte die Polizisten vor die Tür. Schließlich saßen der Intendant, Zoller, Smetana, Bienzle, Gächter und Haußmann um den niedrigen Besprechungstisch, als ob sie eine Konferenz abzuhalten hätten.

Frau Spohnholz kochte Kaffee und goß ein.

«Also . . .» begann Bienzle. Dann stand er auf und lehnte sich, die Arme über dem mächtigen Brustkasten gekreuzt, gegen den Schreibtisch. «Herr Zoller, erzählen Sie uns, was Sie unten nicht mehr zeigen konnten.»

Zoller hob den Kopf. Er hatte noch versucht, die weiße Farbe aus dem Gesicht zu wischen, war dabei aber unterbrochen worden; nun sah er aus wie ein trauriger Clown. «Sie haben Spieß verhaftet?» fragte er.

Bienzle nickte.

«Das war mein Ziel», sagte Zoller; «er steckt hinter allem.»

«Können Sie es etwas präziser sagen?» fragte der Kommissar sehr ruhig.

«Nun, er hat einen ungeheuren Handel mit Rauschgift und Falschgeld und vielem anderen betrieben, und er hat sich dabei oft auch der Mitarbeit von Leuten aus diesem Theater bedient. Seine Freundschaft zum Intendanten war ihm dabei sehr von Nutzen.»

Spohnholz fuhr auf: «Ich lasse mir das nicht gefallen!»

Gächter zwang den Intendanten mit einer nachdrücklichen Bewegung in dessen Sessel zurück.

Bienzle sagte: «Das mag stimmen. Wir haben exakte Unterlagen über die illegalen Geschäfte des Herrn Dr. Spieß, die eine geradezu unglaubliche Größenordnung hatten. Inwieweit Leute aus Ihren Haus daran beteiligt waren, wird die Ermittlung im einzelnen bringen.»

Zoller sagte: «Androsch war der erste, der Spieß durchschaute. Er nahm sich vor, das Theater zu säubern und, wenn möglich, Spieß das Handwerk zu legen.»

«Aber er schaffte es nicht», sagte Bienzle trocken.

«Er kam nicht mehr dazu. Spieß erkannte die Gefahr und betrieb von da an die Ablösung Androschs. Mehr noch, er beschaffte der Stadt sogar den Nachfolger – seinen Freund Spohnholz.»

Bienzle sah den Intendanten an: «Sie sind schon länger mit Spieß befreundet?»

«Seit über zwanzig Jahren», gab Spohnholz zögernd zu.

«Aha», brummte Bienzle. Und zu Zoller gewandt: «Und weiter?»

«Ich will nicht verschweigen, daß ich selbst für Spieß gearbeitet habe.»

«Wie lange?» fragte Gächter scharf dazwischen.

«Ein paar Monate», sagte Zoller unbestimmt.

Gächter legte seinen Fuchskopf schief und sagte in seiner gehässigsten Tonlage: «Sie lügen, Zoller.»

Selbst Bienzle schaute seinen Kollegen überrascht an, zumindest schien es so.

«Sagen Sie das nicht noch mal!» zischte der Puppenspieler.

«Lassen wir das für den Augenblick», sagte Bienzle und dann, an Spohnholz gewandt: «Kann ich mal telefonieren?»

«Aber selbstverständlich», sagte der Intendant beflissen.

Der Kommissar wählte, wartete einen Augenblick und sagte dann: «Ist Häberle noch im Haus? Bienzle hier . . .»

Solange der Gesprächspartner am anderen Ende der Leitung gesucht wurde, ließ der Kommissar seinen Blick vom einen zum anderen wandern. Zoller saß zusammengesunken in seinem Sessel, die Hände zwischen die Knie gepreßt, und starrte auf einen Punkt an der Wand. Spohnholz zerrte nervös an den Aufschlägen seines Jacketts herum. Smetana schielte immer wieder zu Gächter hinüber, als ob er sich vor ihm fürchtete.

«Ja?» rief Bienzle ein wenig zu laut. «Ich bin's – Bienzle . . . Ist es möglich, daß wir einen der beiden, die wir gestern vernommen haben, an den Apparat bekommen? . . . Ja . . . gut; ruf mich zurück . . .» Er gab Häberle die Durchwahlnummer. «Nun», sagte er dann jovial, «machen wir einstweilen mal weiter.»

Er nahm einen Schluck Kaffee und fixierte Zoller über den Tassenrand hinweg. «Wissen Sie, was ich am meisten bedaure? Meister hätte nicht zu sterben brauchen. Er hatte Ihre Tochter nicht rauschgiftsüchtig gemacht. Sie selbst waren es!»

«Nein!» schrie Zoller. «Das hat er behauptet – genau das . . . Dieses Schwein, dieses gemeine! Ich hätte die Schuld, hat er gesagt. Immer wieder. Ich! Ich! Ich! Das war die gemeinste Lüge, die je ein Mensch erfunden hat!»

«Es war die Wahrheit», sagte Bienzle ruhig, «und Sie wußten es . . . Ihre Tochter hatte Ihnen geschrieben, und Meister hatte es Ihnen auf den Kopf zugesagt. Mehr noch: Er hat Ihnen wahrscheinlich gesagt, daß Sie – einmal dahintergekommen, wie leicht Geld zu verdienen war in diesem Geschäft – auch dann nicht aufhörten, als Ihre finanziellen Probleme eigentlich gelöst waren . . . Sie hatten begriffen, wie schön es ist, ohne wirtschaftliche Sorgen zu leben, sich mal was außer der Reihe leisten zu können . . . Aber Sie haben sich selbst belogen. Sie haben geglaubt, daß Sie niemand Schaden zufügen könnten. Wenn ich's nicht mache, tut's ein anderer, haben Sie sich sicher gesagt. Und als Sie begriffen haben, daß Ihre Tochter mit hineingezogen worden war, haben Sie Ersatzschuldige gesucht, nur um über der eigenen Schuld nicht verrückt zu werden. Doch Meister hat diese Legende ad absurdum geführt, und da wußten Sie sich nicht mehr anders zu helfen. Sie haben ihn niedergeschlagen. Dort droben – im Fundus, wo Sie sich aussprechen wollten. Und dann haben Sie ihm den Stereo-Schuß verpaßt, von dem Sie wissen mußten, daß er tödlich war. Sie haben ihn umgebracht und vor sich selbst immer noch stur behauptet, es sei die gerechte Strafe, weil der Mann, der Ihre Tochter ins Elend gejagt haben sollte, nunmehr mit dem gleichen Zeug getötet worden war, mit dem er Bärbel angeblich ins Verderben getrieben hatte.»

Zoller starrte Bienzle mit aufgerissenen Augen an.

Der Kommissar sagte leise: «Das war es doch, was Sie uns vermitteln wollten, da unten im Foyer . . . Oder?»

Zoller schwieg.

«Ich kann das verstehen», sagte Bienzle. «Sie waren einfach unfähig, die Schuld zu tragen, die Sie sich selber aufgeladen hatten. Sie durften es nicht glauben, daß Ihre Tochter . . .» Er hielt inne.

Zoller war in sich zusammengesunken, seine Schultern bebten, Tränen rannen durch seine Schminke zum Kinn.

«Und deshalb brauchten Sie auch den Umweg über die Puppen, um es einzugestehen», sagte Bienzle nach einer Weile. Dann wandte er sich ab. Er konnte nicht weitersprechen.

Gächter übernahm. Bei ihm fielen die Worte wie Eiszapfen aus dem Mund. «Mord zwo – Androsch», sagte er ungerührt. «Der Mann war Ihr Freund, und er wußte bald, was los war. Und er machte den Fehler zu glauben, Sie seien zurechnungsfähig.»

Zoller fuhr herum und ging auf Gächter los. Seine Fingernägel fuhren durch das Gesicht des Kriminalmeisters und hinterließen auf beiden Seiten vier blutende Rinnen. Gächter schlug zu. Es war ein genau gezielter Haken, der Zoller in seinen Sessel zurückwarf. Langsam tupfte sich Gächter das Blut vom Gesicht. Er fixierte den Puppenspieler mit kalten Augen. «Mann . . .»

Bienzle gab sich einen Ruck. «Unsinn!»

«Wie bitte?» Gächter sah den Kommissar ungläubig an.

«Der Mord oder der Totschlag – das soll das Gericht entscheiden – an Meister, das war wohl im wesentlichen eine Affekthandlung. Aber Zoller wäre doch niemals fähig, einen richtigen, heimtückischen Mord systematisch zu planen, kalt vorzubereiten und überlegt auszuführen . . . Dafür braucht's andere Kaliber!»

Spohnholz hob langsam den Kopf und sagte, jedes Wort betonend:

«Sie meinen, es war Spieß?»

Der Kommissar sah den Intendanten schweigend an, bis der dem Blick auswich.

«Warum ruft Häberle bloß nicht an?» nuschelte Bienzle und ließ sich von Frau Spohnholz Kaffee nachgießen. Wie aufs Stichwort klingelte der Apparat.

«Bienzle hier . . . Gut . . . Hast du einen der beiden . . .?» Er ging langsam mit dem Telefon zu Spohnholz und drückte ihm den Hörer in die Hand.

«Was soll ich damit?» fuhr Spohnholz auf.

«Sagen Sie: Der nächste Auftrag kommt erst in vierzehn Tagen.»

«Aber warum soll ich das sagen?»

«Tun Sie mir den Gefallen.»

Der Intendant schüttelte den Kopf. «Ich denke gar nicht daran, bei diesem Theater mitzuspielen.»

«Oder sagen Sie: Die zweite Hälfte der Gage kommt nach Erledigung des Auftrags.»

«Ich bitte Sie!» Spohnholz schwitzte. «Das ist doch kompletter Unsinn – von welcher Gage ist da die Rede? Und von welchem Auftrag?» Er hatte offensichtlich gar nicht gemerkt, daß er während der ganzen Auseinandersetzung den Hörer am Ohr hielt.

Bienzle nahm ihn jetzt wieder an sich und sprach ins Telefon: «Haben Sie etwas verstanden . . .?» Er nickte. «Sehr gut!» Dann legte er auf und sah Spohnholz direkt in die Augen. «Er hat Ihre Stimme wiedererkannt.»

Spohnholz lachte. Seine Stimme überschlug sich dabei. «Wer soll mich erkannt haben?»

«Wohlfahrt. Der Mann, dem Sie gelegentlich Aufträge zukommen ließen. Unter dem Codewort ‹Androsch› – was ich nun nicht für besonders geschmackvoll halte, offen gesagt.»

Spohnholz stand auf. Gächter war sofort neben ihm.

«Ich muß mir doch wohl diesen Schwachsinn . . .»

Bienzle unterbrach ihn: «Sie haben eine Menge Fehler gemacht, Herr Spohnholz. Zum Beispiel den, daß Sie statt ‹Lohn› oder ‹Bezahlung› ‹Gage› geschrieben haben – und das Ganze noch auf der Schreibmaschine in Ihren Vorzimmer . . . Der schlimmste Fehler aber war, daß Sie die Tagebücher von Stephan Androsch abgeschrieben haben. Dilettantisch, außerordentlich dilettantisch.»

«Aber er hat doch gar nicht . . .» sagte Frau Spohnholz mit zitternder Stimme von hinten. Dann schlug sie die Hand vor den Mund.

Bienzle drehte sich sehr langsam zu der Frau um. Er nahm sie zum erstenmal richtig wahr. Eine große, gutaussehende Frau mit ebenmäßigen, weichen Zügen. Das graue Haar lag eng um den Kopf, ihre blauen Augen sahen traurig aus. Sie knetete ihre Hände jetzt vor der Brust und begann zu weinen.

«Sie haben es geschrieben?»

«*Anna!*» schrie Spohnholz.

Seine Frau nickte wie in Tance.

«Wußten Sie, warum Sie es tun sollten?»

Sie schüttelte den Kopf.

Gächter sagte: «Clever. Und doch nicht clever genug.»

Bienzle ging plötzlich auf Zoller zu und setzte sich vor ihn auf die Tischplatte. «Das Stückchen, das Sie aufführten, hat das Androsch geschrieben?»

«Es war eine Gemeinschaftsarbeit», sagte Zoller mit sockender Stimme. Dann lächelte er leise, sah zu Bienzle auf: «Ein bißchen pathetisch, nicht wahr?»

Auch Bienzle mußte lächeln: «Woher wußten Sie, daß Spohnholz in die Geschäfte eingestiegen war?»

«Von mir», sagte Smetana.

Der kleine alte Mann saß jetzt aufrecht in seinem Sessel. «Andi, ich meine Stephan Androsch, war mein bester Freund; wir haben davon niemals Aufhebens gemacht, weil . . . Nun, er war der Chef, und ich war ein kleines Licht, und da wollte ich nicht . . . Sie verstehen, bittaschehn?»

Bienzle lächelte ihn freundlich an.

«Na ja, bittaschehn, ich hab ihm gesagt, als er gehen mußte, laß mich mal an die Sache. Es war gar nicht so schwierig, an Dr. Spieß ranzukommen. Ich hab manchmal kleinere, manchmal auch größere Arbeiten für ihn gemacht, bittaschehn. Schließlich hab ich es sozusagen zum Mittelsmann gebracht, zwischen ihm und Spohnholz, oder eigentlich zwischen ihm und dem Theater . . .» Smetana stand auf, ging zu einem der weißen Schränke, holte mit einer selbstverständlichen Geste eine Cognac-Flasche und ein Glas heraus, goß sich ein und trank. «Spohnholz steckte dick drin . . .» Er sah angewidert zu seinem Chef hinüber. «Ich kann Ihnen dazu eine Menge erzählen, und was ich erzähle, kann ich auch beweisen.»

«Bittaschehn . . . Wären Sie mal früher zu uns gekommen, Sie Sherlock Holmes!» sagte Gächter giftig.

«Sie haben ja recht, aber niemand hat gedacht, daß . . .» Er brach ab und schüttelte den Kopf.

«Wußten Sie, daß Herr Zoller den Meister umgebracht hat?» fragte Bienzle.

«Ja, ja, ja . . . Er hat es uns gestanden. Draußen in Androschs Häuschen. Er hat es uns erzählt. Rot hat er gesehen, er wußte ja selbst nicht mehr, wie's passiert ist.»

«Lassen wir das mal beiseite», sagte Bienzle; «Androsch wollte also einen . . . Ja, sagen wir mal – eine Art Rachefeldzug durchführen?»

«Wir hatten uns überlegt, bittaschehn, daß Spieß und Spohnholz gefährliche Leute sind. Deshalb wollten wir Ihnen, Herr Kommissar, sozusagen die Lösung auf Tablett servieren. Heute abend. Androsch und Zoller haben das Stück geschrieben; sie waren richtig fasziniert, haben sich hineingesteigert, und . . . Na ja, sie haben sich großen Theatercoup immer wieder ausgemalt. Und dabei haben sie vielleicht den Sinn . . . Bittaschehn, den Sinn für die Realität ein bißchen verloren.»

Bienzle nickte. Dann, zu Spohnholz gewandt, sagte er scharf: «Und wie sind Sie dahintergekommen, daß Androsch Ihnen ans Leder wollte?»

«Ich sage nichts.» Der Intendant hatte in seinem Sessel hinter dem großen Schreibtisch Platz genommen, die Beine übereinandergeschlagen, die Hände – Fingerspitzen gegeneinander – zu einem Dach geformt, und gab sich den Anschein der Gleichmütigkeit.

«Androsch hat ihn angerufen», sagte Zoller mit dumpfer Stimme. «Ich hatte ihn gewarnt. Ich habe ihm gesagt, das sind Leute, die bis zum Äußersten gehen.»

«Wie Sie», warf Gächter gehässig ein und fing sich dafür einen vernichtenden Blick seines Chefs ein.

«Sie sind rausgefahren, angeblich, um ein Gespräch mit ihm zu führen und haben ihn dann erschossen», sagte Bienzle.

«Ich sage nichts», gab Spohnholz beinahe heiter zurück.

«Wo ist die Waffe?» fragte Bienzle.

«Ich besitze keine Waffe.»

Der Kommissar sah Spohnholz an: «Solange wir hier sitzen, führen Kollegen von uns Hausdurchsuchungen durch, bei Ihnen allen und bei Spieß. Wir haben im Bootsschuppen Ihres Kompagnons bereits eine Menge gefunden, das wird nicht alles sein. Wenn die Waffe bei Ihnen zu Hause ist, finden wir sie.»

Frau Spohnholz schluchzte auf. Der Intendant erhob sich; wieder einmal hatte sich sein Gesichtsausdruck mit einem Schlag verändert. Er sah jetzt alt aus; sein Gesicht wurde schmal und bekam kantige Konturen. Er stützte sich ein wenig auf seinem Schreibtisch auf. Dann sagte er. «Sie können mein Geständnis aufnehmen.»

Gächter kramte einen Block aus der Tasche und setzte den Bleistift an.

«Stichworte genügen», sagte Bienzle.

«Ich war bei Androsch. Gestern um die Mittagszeit. Er hatte eine komplette Dokumentation – oder doch eine ziemlich vollständige – über das, was in den letzten beiden Jahren von Spieß und mir . . . Sagen wir mal, abgewickelt wurde. Ich bin zutiefst erschrocken und war tief deprimiert.»

«Mir kommen die Tränen», murmelte Gächter.

Aber Spohnholz ließ sich jetzt nicht mehr unterbrechen. «Ich bin sofort zu Spieß gefahren. Er hat mich beruhigt. Das sei in Ordnung zu bringen, meinte er. Na ja, gegen siebzehn Uhr tauchte er bei mir auf und brachte die Tagebücher. Meine Frau kann das bestätigen. Ich habe dann behauptet, wir wollten eine Dokumentation veröffentlichen, in einer hübschen Handschrift, faksimiliert . . . Sie verstehen?»

«Haben Sie den Schwachsinn geglaubt?» Gächter sah Frau Spohnholz an.

Sie nickte nur.

«Die entscheidende Frage ist, ob Sie das alles beweisen können!» sagte Bienzle nachdenklich.

Spohnholz stand auf, ging zu einem Schrank, nahm einen kleinen Kassettenrecorder heraus und drückte auf Start. Spieß' Stimme erklang: *Ich hab alles erledigt; mach du das mit den Tagebüchern und sorge dafür, daß nichts Geschriebenes von deiner Frau rumliegt, dann kann die Polizei suchen, solange sie will. Außer Verwirrung wird da nichts übrigbleiben.*

Bienzle lachte leise.

War es denn nötig, daß du ihn . . .? Spohnholz' Stimme.

Mach dir darüber keine Gedanken. Denk lieber drüber nach, wie wir den Verteilerschlüssel ändern, es ist ja wohl keine Frage, daß ich damit . . .

Hier brach das Tonband ab.

Plötzlich war es sehr still im Intendanzzimmer.

Nach einer Weile sagte Bienzle: «Ich verhafte Sie, Herr Spohnholz, und Sie, Herr Zoller.»

Gächter öffnete die Tür und rief zwei Polizisten herein. «Abführen!» sagte er lakonisch.

Bienzle gab Zoller die Hand und sagte: «Machen Sie's gut.» Spohnholz würdigte er keines Blickes.

Als er zusammen mit Gächter und Haußmann das Theater verließ, standen immer noch Grüppchen diskutierender Menschen auf dem kleinen Platz davor und in den Seitengassen. Es war 22 Uhr 30. Der Wind hatte zugenommen. Er blies Herbstblätter durch die Gassen. Bienzle spuckte angewidert in den Rinnstein. Zu Gächter sagte er:

«Irgendwann einmal werde ich deine harte Tour nicht mehr ertragen.»

«Genauso geht es mir mit deiner sanften», sagte Gächter.

Haußmann sah von einem zum anderen und begriff nicht, wie ernst es beide meinten.

«Ich fand es gut, daß wir wieder einmal als Team zusammenarbeiten konnten», rief er aufgeräumt.
Keiner antwortete ihm.

Sie gingen durch die Deutschmeistergasse auf den Kirchplatz zu. In dem hellen Feld, das eine Bogenlampe am Ende der Gasse aus der Dunkelheit schnitt, stand eine wartende Frauengestalt.
Bienzle sagte: «Ich denke, daß ich noch eine Weile allein spazierengehe.»
Gächter blieb einen Moment stehen und sagte: «Soll ich deine Frau anrufen, daß du ein, zwei Tage später kommst?»
Bienzle sah den Kollegen an. «Danke, nein; es wird endlich einmal Zeit, daß ich das auch selber mache . . . Gute Nacht!»
Gächter zupfte Haußmann am Ärmel und sagte: «Kommen Sie, wir kehren um; ich weiß eine nette Kneipe am Seeufer.»
Bienzle erreichte Ursula Ralnik und schob seinen Arm unter den ihren. Gemeinsam gingen sie weiter.
Gächter sah sich noch einmal nach den beiden um und sagte leise: «Ach wie gut, daß niemand weiß . . .»